SEJA BEM-VINDO, FÃ DO HORROR! QUE A SORTE ACOMPANHE VOCÊ, HE, HE, HE!

CB032325

Publisher: Artur Vecchi
Edição: Duda Falcão
Projeto Gráfico e Diagramação: Roberta Scheffer
Ilustrações: Fred Macêdo
Colorização da Capa: Robson Albuquerque
Revisão: Miriam Machado

Dados Internacionais de catalogação na Publicação (CIP)
(Câmara Brasileira do Livro, SP, Brasil)

F 178

Falcão, Duda
Treze / Duda Falcão. – Porto Alegre : Avec; Argonautas, 2015.

ISBN 978-85-67901-51-0

1. Contos brasileiros I. Título

CDD 869.93

Índice para catálogo sistemático:
1.Ficção : Literatura brasileira 869.93

Ficha catalográfica elaborada por Ana Lucia Merege – 467/CRB7

1ª edição, 2015
Impresso no Brasil / Printed in Brazil

Argonautas Editora Ltda.
Av. Mariland, 930/302
Bairro Auxiliadora – Porto Alegre – RS
CEP 90440-190
Fone (51) 3779.6685
argonautaseditora.wordpress.com

AVEC Editora
Caixa Postal 7501
CEP 90430-970 – Porto Alegre – RS
contato@aveceditora.com.br
www.aveceditora.com.br
Twitter: @avec_editora

1ª Edição
Porto Alegre
2015

Para minha esposa amada,
Roberta Scheffer, que sempre
incentiva o meu trabalho e acredita no
potencial dos meus pesadelos de horror.
Um abraço gelado e tentacular
para os confrades do W.C.M.: André
Cordenonsi, Enéias Tavares, Cesar Alcázar
e Christopher Kastensmidt. E também um
muito obrigado especial para os amigos
Artur Vecchi, que confiou no sucesso
deste livro, e Marco Aurélio Lucchetti, que
topou escrever o prefácio.

CARO LEITOR! É BOM DEMAIS VÊ-LO POR AQUI DIANTE DESTES MEUS OLHOS QUE A TERRA HÁ DE COMER... OPS, DIGO... QUE A TERRA SE RECUSA A DEVORAR. PARA UM MORTO-VIVO COMO EU, O DESCANSO SERÁ SEMPRE NEGADO. A IMACULADA TERRA, EM NOME DE DEUS, SEMPRE ME CUSPIRÁ PARA FORA DO TÚMULO, HE, HE, HE.

MAS TENHO PACIÊNCIA, ENQUANTO NÃO SOU ACEITO NO ALÉM, PERAMBULO POR AÍ APROVEITANDO PARA LHE FAZER UM CONVITE. MEU ESTIMADO MESTRE ORDENOU QUE EU APARECESSE EM MAIS ESSE GROTESCO TOMO PARA CONVOCÁ-LO. QUE ASSIM SEJA! INFERNAL AMIGO APRECIADOR DO HORROR: LEIA TREZE OU APODREÇA SEM REPOUSO EM SUA DECRÉPITA TUMBA. E TENHO DITO!

NESTE LIVRO VOCÊ ENCONTRARÁ CONTOS MACABROS, DE LOUCURA E TREVAS. MEU COMPANHEIRO CORVO O GUIARÁ NO INÍCIO DESSA VIAGEM INSANA. FOLHEIE AS PRÓXIMAS PÁGINAS DEIXANDO QUE O MEDO SE INSTALE. SEJA BEM-VINDO AO NOSSO UNIVERSO!

ÍNDICE

MARCO AURÉLIO LUCCHETTI é licenciado em Letras, mestre em Ciências da Comunicação – Jornalismo e Editoração e doutor em Artes – Cinema. Pesquisa há mais de trinta anos Quadrinhos, Cinema, revistas pulp e literatura de Detetive & Mistério. Colaborou, nos anos 1980 e 1990, em diversos fanzines brasileiros. Escreveu *A Ficção Científica nos Quadrinhos* (Edições GRD, 1991), *As Sedutoras dos Quadrinhos* (Opera Graphica Editora, 2001), *Desnudando Valentina – Realidade e Fantasia no Universo de Guido Crepax* (Opera Graphica Editora, 2005), entre outros livros. É o editor da Coleção R. F. Lucchetti, da Editorial Corvo.

O "TREZE" DE DUDA FALCÃO

Marco Aurélio Lucchetti

Duda Falcão graduou-se em História, especializou-se em Literatura Brasileira e tornou-se mestre em Educação. E, atualmente, além de lecionar numa faculdade, é editor (em 2010, ele fundou, junto com Cesar Alcázar, a Argonautas Editora, especializada no gênero Fantástico e cujo carro-chefe é a série *Sagas*, que já está no quinto volume), organizador de antologias e escritor (na introdução do livro *Estranho Oeste*[1], Cesar Alcázar o chama de *"autor campeão de antologias"*).

O primeiro livro escrito por Duda Falcão que li foi *Mausoléu*, um grosso volume com mais de 330 páginas e quase quatro dezenas de contos. A capa, um trabalho de Fred Macêdo, e o conteúdo de *Mausoléu* logo me fizeram lembrar dos gibis *Creepy* e *Eerie*. Na verdade, o livro, que conta com a presença d'O Anfitirão (é ele que nos introduz no mundo de pesadelos forjado por Duda), é uma das maiores homenagens já feitas a essas duas revistas, publicadas nas décadas de 1960 e 1970 pela editora norte-americana Warren.

Terminei de ler *Mausoléu* nos meados de setembro deste ano. Então, perguntei-me quando iria ler um novo livro de Duda Falcão. A resposta não demorou a vir. No dia 28 de setembro, recebi um *e-mail* enviado por Duda, no qual ele dizia o seguinte: *"Mais uma vez eu por aqui te fazendo um convite. Estou procurando por um prefaciador para o meu novo livro:* Treze. *Os contos são de Horror/Terror. Você é a minha primeira opção. Em anexo, envio o arquivo para você dar uma olhada. Caso tenha interesse em fazer o prefácio, eu precisaria dele pronto até o final de outubro. O prefácio do* Mausoléu, *meu livro anterior, foi feito pelo Cesar Silva, também um pesquisador de renome como você. Uma coisa é bem importante: se você não tiver tempo ou não gostar do livro não precisa se comprometer.* O.k.*? Uma resposta negativa não altera nossa amizade."*

O convite de Duda me encheu de alegria e entusiasmo. Eu nunca poderia lhe dizer não, já que tinha certeza de que ele iria mostrar em *Treze* a mesma maestria demonstrada em *Mausoléu* para narrar histórias de Horror/Terror.

Agora, aqui estou escrevendo o prefácio de *Treze*.

Quando recebi o original, confesso que o título não me agradou muito. Entretanto, com o passar dos dias, essa minha opinião foi mudando. E, hoje, penso que Duda deu ao seu livro o título perfeito; não poderia ter escolhido um título melhor.

Treze é um número polêmico. Alguns, os mais supersticiosos, acreditam que ele traz má sorte. Eu, como não sou nem um pouco supersticioso, julgo que é um número como outro qualquer. Mas por que Duda Falcão deu ao seu livro o título de *Treze* e por que eu disse que esse era o título perfeito e que não poderia ter sido escolhido um título melhor? Ora, porque treze são os contos do livro. Inclusive, o último deles intitula-se "Treze".

Todas as histórias de *Treze* têm títulos bastante sugestivos, como: "Almas Roubadas", "Senhora do Fosso", "O Vampiro Cristão", "Devoradores de Narrativas". Nelas vamos encontrar alguns elementos clássicos do Horror/Terror: demônios, monstros, vampiros, feitiçaria... E numa delas, "Sob os Auspícios do Corvo", cuja ação se passa no Velho Oeste norte-americano, temos a presença de Kane Blackmoon, um caçador de recompensas mestiço que fez sua primeira aparição no conto "Bisão do Sol Poente"[2].

Por outro lado, em algumas das histórias ("Abismos Insondáveis", já aparecida anteriormente na antologia *Ascensão de Cthulhu*[3], é uma delas) –, nota-se a influência da obra (sobretudo as narrativas relacionadas com os Mitos de Cthulhu) do escritor estadunidense Howard Phillips Lovecraft (1890-1937) nos textos de Duda.

Em outra história, "Eadgar e o Resgate de Lenora", Duda Falcão nos faz lembrar imediatamente das narrativas do bárbaro Conan, escritas por Robert E. Howard (1906-1936), e de "O Corvo", o mais belo e genial poema criado por Edgar Allan Poe (1809-1849).

E há uma história que chamou por demais minha atenção: "Os Bonecos de Rita". Ela tem apenas três personagens: o pai, a mãe e a filha, a menina Rita. E é uma história simples; mas seu final é horripilante, aterrador.

Bem, não quero tomar mais o tempo dos leitores. Porém, não posso deixar de dizer que as histórias de *Treze* devem ser apreciadas principalmente em noites de vendaval, quando é possível ouvir o ruído do vento gelado, que, assemelhando-se ao som de gemidos de espíritos errantes, vem açoitar nossas janelas...

NOTAS:

[1] Esse livro, segundo volume da série Sagas, foi lançado pela Argonautas Editora em 2011.

[2] "Bisão do Sol Poente" apareceu primeiramente na antologia *Estranho Oeste*, que apresenta cinco contos – todos ambientados no Velho Oeste e do gênero Weird Western – escritos por alguns dos melhores autores brasileiros de histórias fantásticas. Depois, foi republicado em *Mausoléu*, que foi lançado em 2013 pela Argonautas Editora.

[3] Publicada pela Argonautas Editora em 2014, essa antologia reúne, além da história de Duda Falcão, contos de outros seis autores brasileiros que se inspiraram na mitologia criada por H. P. Lovecraft.

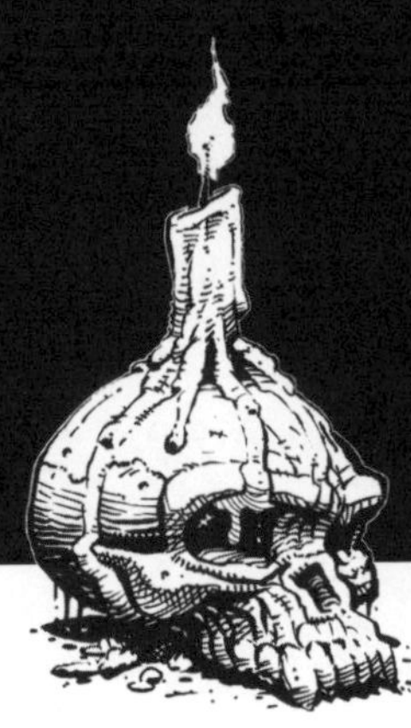

EADGAR E O RESGATE DE LENORA

EM SUA ÚLTIMA BATALHA, o hoplita ganhara como espólio de guerra um cavalo negro de constituição física superior e excelente resistência, constatada ao longo da extensa viagem. Fazia muitos dias que cruzavam os territórios gregos. Eadgar iniciara sua jornada após consultar o oráculo de sua cidade. Para cumprir seu objetivo, tinha de encontrar um templo abandonado que, segundo o feiticeiro, situava-se mais ao sul das terras em que viviam. Eram as ruínas de um templo dedicado a Palas Atena. Fora destruído em uma escaramuça violenta defensora dos interesses de um culto rival.

Eadgar não possuía um mapa com o local exato da edificação. Por isso, contou com o auxílio do homem ligado às ciências ocultas. Em troca de um favor, que já efetuara, recebera um guia. Um inusitado abre-alas para indicar-lhe o caminho. Sabia tratar-se de algo sobrenatural, pois a ave agourenta não o abandonava. Mostrava os locais por onde devia passar. Às vezes sumia da sua vista por horas, momento em que aproveitava para descansar. Quando achava que o corvo não retornaria, escutava o seu crocitar. Voava em círculos lá no alto ou então se aproximava pousando em seu ombro, exigindo atenção.

Foi em uma tarde de sol esmaecido que se acercaram de uma floresta. As árvores não eram muito imponentes e estavam carregadas de heras e cipós em seus troncos. O hoplita viu o corvo se embrenhar na mata. Deu um tabefe com força no lombo do cavalo, obrigando-o a correr. Por centenas de metros o caminho se fechou, dificultando a passagem. O guerreiro podia sentir galhos secos roçarem seu corpo. Não muito depois, as árvores tornaram-se mais esparsas revelando uma clareira.

Eadgar puxou a crina do corcel parando diante de um templo em ruínas. Ao desmontar afagou sua cabeça equina em forma de agradecimento. Havia chegado, depois de muitos dias de viagem, ao local procurado. O corvo entrou por algum buraco no teto e sumiu dentro da edificação. Algumas paredes estavam derrubadas, mas parte da estrutura ainda resistia. Do lombo do cavalo pegou o alforje repleto de itens importantes. Então, deixou o animal comer o ralo pasto que crescia por ali.

O soldado entrou no templo. A noite se aproximava. As paredes internas estavam negras, chamuscadas. Os belos afrescos perdidos em quase toda sua totalidade. Certamente, o local tinha sido incendiado por inimigos, indivíduos intolerantes que não permitiam o culto de uma divindade diferente.

Mais adiante encontrou no chão a estátua de uma mulher. A cabeça havia rolado alguns metros do corpo. *Palas Atena derrotada* foi o pensamento que lhe ocorreu. No entanto, se ela pudesse ajudá-lo recuperaria a sua dignidade e imponência.

Não tinha tempo a perder. Quanto antes resgatasse Lenora, melhor. Apanhou alguns galhos e folhas secas para acender uma fogueira diante da divindade derrubada. Do alforje retirou uma panela enchendo-a de água que armazenava em uma garrafa.

Mergulhou no recipiente uma erva escura, negra e de aroma doce. Assim que o conteúdo ferveu, deixou esfriar um pouco e bebeu do chá.

Não demorou muito para que as alucinações começassem. Conforme o feiticeiro, não devia se amedrontar. Pois, as visões eram normais, efeitos gerados quando se abriam as portas do Olimpo para dialogar com os deuses. Percebera as sombras aumentarem como tentáculos nas paredes do templo. Movimentavam-se dispostas a se destacar da pedra adquirindo autonomia. Eadgar acomodou-se sentado, com as pernas cruzadas e a espinha ereta, diante do ídolo quebrado.

— Com que permissão tu vens ao meu templo esquecido?

A voz cavernosa manifestou-se de um ponto à sua esquerda. Olhou naquela direção. Viu a cabeça caída, as pálpebras abertas revelavam olhos azuis. Eadgar mantinha-se concentrado e frio como o gume de uma faca para poder suportar aquela visão inexplicável.

— Não havia ninguém para impedir ou permitir minha entrada, suntuosa Palas. Teu templo foi destruído. Vim aqui como um humilde servo pedir-te um favor.

— Se tu és meu servo como dizes, por que não impediste a ruína da minha casa? — a boca de pedra articulava-se com a desenvoltura de algo animado.

— Eu não havia nascido ainda.

— Mas e quanto à tua família, por que não lutaram por minha dignidade?

— Meu bravo pai migrou de terras mais ao norte. Terras que ficam além da minha querida Macedônia. Hoje sou teu seguidor, pois a mulher que amo me ensinou a te venerar.

— Tu és sincero. Posso ver o teu passado como águas cristalinas. Admiro tua resignação por ainda amar alguém que não está mais em solo mundano.

— É por esse motivo que cruzei a Grécia, minha Senhora! Quero resgatar Lenora das sombras.

— Por qual motivo achas que posso te ajudar?

— Simples: tu és a mais poderosa de todas as deusas.

— Não adiantas apenas me bajular, rapaz!

— Lenora seguia teu exemplo. Manteve-se imaculada, virgem! Era, sem dúvida, a mais fervorosa das tuas seguidoras. O amor dela por mim não chegava perto do amor que ela expressava por ti. A mim concedia apenas palavras e olhares gentis. No máximo um carinho sem malícia em minhas mãos calejadas de guerreiro. A pureza de Lenora me espanta, comove e arrebata meu coração ainda hoje. Deixa-me trazê-la do antro vil que o Hades é. Ela não merece estar aprisionada entre as sombras de mortos corrompidos — a cabeça enquanto escutava não demonstrou nenhum tipo de expressão, era rígida e gelada. — Em troca, hoje mesmo levantarei tua imagem de pedra, colocando a cabeça no topo do corpo, local de onde nunca deveria ter saído. E, depois que Lenora estiver comigo, reconstruirei teu templo para que possa ser novamente visitado, recebendo multidões provindas de toda a Grécia.

— Sabes negociar! Assim que fizeres o primeiro ato, segue o corvo. A ave te guiará até o cárcere de tua amada. Lembra-te: a inocência de Lenora é o mesmo que a vida! — a cabeça depois das últimas palavras, voltou a ter o aspecto rústico de uma simples rocha esculpida.

Somente naquele instante, Eadgar constatou que não estava mais sentado, mas sim deitado ao lado da fogueira já extinta. Ele adormecera sem notar. O sol lá no alto podia ser visto entre os buracos do teto do templo. Levantou-se com o corpo dolorido por ter dormido ao relento, no piso frio e duro. Dirigiu-se ao alforje de couro apanhando em seu interior uma corda resistente que amarrou em torno da estátua de Palas Atena. Em seguida, saiu da edificação. Encontrou o seu cavalo robusto pastando. Aproximou-se e o conduziu para dentro da ruína. Enlaçou o restante da corda em seu corpo. Com o auxílio do animal, conseguiu erguer a estátua e encaixá-la em um pedestal circular de pedra. Depois disso, encaminhou-se até a cabeça estirada no chão. Pegou-a para recolocar sobre o tronco. Por sorte, equilibrou-se sem o risco de cair. Levara naquela restauração mais de hora. Quando completou o trabalho escutou, vindo do alto, o crocitar do corvo.

Observou a ave entrar na ruína e pousar sobre um assento de pedra rachado. O pássaro olhava para Eadgar como se dissesse *venha*. Ao se aproximar, verificou no chão uma entrada na qual havia uma escadaria irregular de pedra. Pôde ver ao longo das paredes, até onde alcançava sua visão, tochas iluminando o caminho. O corvo voou para dentro daquele túnel.

Antes de entrar Eadgar precisava se preparar. Vestiu uma couraça que protegia o peito. Colocou um elmo e grevas para resguardar os tornozelos. Na cintura levava uma xiphos, espada curta que considerava perfeita para a luta corpo-a-corpo. Abriu um pote com um líquido pastoso e escuro. Era uma poção alquímica dada pelo feiticeiro consultado na Macedônia. Passou o produto na espada confiando que cortaria a alma de qualquer sombra que pudesse atacá-lo. Pegou o seu escudo circular e o empunhou com a mão esquerda. Havia pintado

um corvo no objeto para reverenciar o pássaro sobrenatural que o guiava.

Finalmente desceu a escadaria rumo ao Hades.

Chegando ao último degrau puxou uma das tochas da parede, precisaria de luz para se orientar. Suas sandálias tocaram o chão irregular e úmido. Estava em uma caverna ampla. Pôde avistar morcegos amontoados no teto, cada um procurando seu espaço. Pousado em uma estalagmite grossa e comprida o corvo o aguardava. Enxergou dois túneis, não sabia em qual deles entrar. Intuindo a sua indecisão, o pássaro escolheu o caminho. Bastava acompanhá-lo. Depois de alguns minutos por aquele trajeto, começou a escutar vozes. Eram prantos estridentes e doentios. Irritavam seus ouvidos como insetos.

Ao final do túnel, Eadgar deparou-se com um salão amplo, de feitio regular, que dava a impressão de ter sido arquitetado por mãos hábeis. As vozes ali eram mais fortes. Retumbavam em seu peito deixando-o tenso. Colunatas sustentavam o teto. Nas bordas do salão, além de outros caminhos que se bifurcavam, viu celas. O corvo pousou no chão diante de uma das inúmeras prisões. O hoplita correu.

Dentro da cela indicada pela ave encontrou uma sombra solitária encolhida em um canto. Como em um passe de mágica aquela sombra deixara de ser sombra, era Lenora que dele se aproximava. Sua beleza continuava a mesma. Os olhos castanhos brilhavam de curiosidade. A pele de seu rosto, ainda corada como maçã jovem impressionava. Os cabelos longos e negros de outrora derramavam-se sobre os ombros nus. O vestido branco, algo transparente, revelava sua pureza imaculada, proporcionando um ar irresistível como nunca Eadgar presenciara. O guerreiro deixou a tocha cair no chão. Por sorte, continuava queimando, não se apagara. Tirou o elmo para que ela o reconhecesse.

— Meu amado! — a voz soara com verdadeiro amor.

Eadgar colocou a mão livre sobre a grade esperando pelo toque da sua querida. Lenora com as duas mãos agarrou a mão do hoplita, acariciando-a. Seu adorado herói surgira para resgatá-la daquele lugar amaldiçoado. Um espaço que ela não tinha a mínima ideia de como viera parar.

— Leva-me daqui! — ela implorou.

— Farei isso, minha amada. Preciso abrir essas grades.

— Encontrarás o carcereiro em breve. Já o vi circulando pelo salão. Oh, é horrível. Não sei quanto tempo estou aqui. Não sei quem me trouxe para cá. Por favor, liberta-me! Não aguento mais participar do coro lamurioso desse inferno.

O corvo levantou voo e foi na direção de outra entrada. Eadgar beijou as mãos de Lenora e disse que voltaria para soltá-la o mais rápido possível. Não precisou ir muito longe, pois uma sombra avantajada entrou no salão. Vinha do túnel indicado pela ave.

O corvo se afastou da coisa que se manifestou através de uma voz gutural:

— Que fazes aqui, invasor? Teu lugar não é entre os mortos — a criatura de sombras se aproximava quase como se levitasse.

— Nem o de Lenora! Vim buscá-la! — o hoplita colocou o elmo e sacou a sua xiphos de fio tratado pela pasta alquímica do feiticeiro.

— Se realmente a desejas, por que não ficas aqui com ela? — a sombra foi tomando uma forma que lembrava ligeiramente um ser humano. Seu corpanzil avantajado e gordo, meio-sombra,

meio-carne e ossos, mostrava uma pele pútrida, virulenta, cheia de buracos com a pança parcialmente aberta que balançava ao mostrar os intestinos. Usava um elmo de cobre com um chifre no centro, ocultando o seu nariz e as bochechas. Eadgar podia ver os olhos vermelhos, injetados de sangue, e a boca com dentes podres. O carcereiro levava um molho de chaves na cintura, vestia uma saia de couro preta e empunhava um machado de duas lâminas.

O hoplita, sem perder tempo, investiu contra o inimigo. Seu primeiro golpe rasgou o ar sem acertar o alvo. O carcereiro, mesmo admirado com a investida rápida, baixou com velocidade o machado na direção da cabeça do guerreiro. A lâmina raspou de leve o elmo deixando Eadgar abalado pela pancada. Tivesse se esquecido de recolocar o capacete estaria com o crânio rachado naquele mesmo instante. Perdera um pouco de equilíbrio depois do ataque. Mesmo assim tivera lucidez para se afastar e escapar da nova investida. O machado bateu contra o chão de pedra produzindo faísca.

— Tu nada mais és do que um mosquito! Desistas! — vociferou a sombra-zumbi, tentando desestabilizar ainda mais o adversário.

Eadgar não gostava de ser insultado. Nunca desistiria. Era capaz de fazer tudo por Lenora. Tudo o que ela pedisse. Com ousadia aproximou-se pelo flanco esquerdo do monstro e aplicou-lhe uma estocada entre as costelas. Quando tirou a espada, viu espirrar um sangue negro.

— Ah! Seu execrado. Como consegues me ferir? Tens uma arma mágica? — o carcereiro colocou a mão esquerda sobre o ferimento tentando estancar o sangue.

— Mosquitos sabem como picar e beber sangue. Dá-me a chave da prisão de Lenora e eu te pouparei.

— Jamais! — a criatura se recobrou da carga e manejou mais uma vez o machado. Dessa vez cortava na horizontal tentando dividir Eadgar ao meio. O guerreiro deu um pulo acrobático para trás evitando a morte certa. Ainda não conseguira colocar-se de novo em pé, em posição de combate. Estava agachado, como um felino pronto para dar um salto ofensivo.

O carcereiro ao complementar o balanço horizontal da arma a levava imediatamente para o alto da cabeça. Pretendia descê-la na vertical acertando Eadgar em cheio. Mas não contava com outro inimigo para enfrentar. O corvo intercedeu na hora exata. Deu um voo rasante e com suas garras furou os olhos vermelhos do guarda daquela seção do Hades. A dor e a surpresa fizeram com que a sombra-zumbi largasse o machado e, com as duas mãos, agarrasse o corvo. Eadgar pôde escutar os ossos da criaturinha sendo esmagados.

— Maldita ave agourenta!

Aquele corvo, em especial, tratava-se de um familiar. Ou seja, um ente invocado por bruxaria ancestral com o intuito de seguir um mestre. Assim como uma espada era capaz de ferir um ser infernal, após ser embebida em um elemento ritualístico, a ave mágica também possuía esse dom.

Eadgar sentira dor física quando o corvo morrera nas mãos do carcereiro. Seu coração bateu mais forte, chegou a cuspir sangue, mas se resignou, colocando-se em condições de dar o golpe derradeiro. Empunhou a xiphos e a enterrou na barriga do carcereiro, deslizando-a das tripas até o peito. Tirou a espada antes que o encarregado do salão caísse derrotado no solo.

Um inimigo derrubado não era um inimigo morto. Eadgar curvou-se ficando de joelhos na pedra fria e cravou a espada no peito do carcereiro. Procurou acertar o coração. Sangue fluiu pela boca daquela coisa bizarra. Quando o guerreiro retirou sua espada da carne do adversário compreendeu que mais nenhum resquício de vida sobrava naquele corpo.

Eadgar pegou o molho de chaves. Estranhou o fato de serem poucas comparadas ao número de celas daquele salão. Talvez os cadeados tivessem os mesmos segredos e com uma das chaves pudesse se abrir várias grades. Enquanto dirigia-se até o cárcere de Lenora ouvia vozes de outras sombras implorando para serem libertadas.

Nesse momento, achou melhor se apressar. Com aquele alvoroço poderiam surgir outros carcereiros. Se isso acontecesse, duvidava de que conseguiria dar conta de todos. Sua sorte costumava ajudá-lo em momentos cruciais. A primeira chave utilizada abriu a cela de Lenora que se jogou em seus braços beijando-o no rosto.

— Vem, minha querida Lenora! Não há tempo a perder!

Eadgar pegou a tocha que ainda crepitava enfraquecida. Não fosse sua luminosidade teria lutado no escuro contra o carcereiro. Retornou pelo mesmo túnel. Lenora o acompanhava segurando firme em seu braço. Logo atingiram à caverna dos morcegos. O guerreiro conduziu sua amada até a escadaria. Subiram o mais rápido possível, quase perdendo o fôlego. Chegaram ao templo em ruínas de Palas Atena. Era noite de lua cheia, estava claro quase como se fosse dia. O guerreiro macedônio não sabia quanto tempo tinha passado nas profundezas. Puderam ver o buraco de onde saíram fechando-se como uma boca repleta de dentes afiados em forma de pedras, terra e raízes. Haviam deixado o Hades.

Lenora, com toda a sua formosura, beijou Eadgar. Suas línguas se tocaram pela primeira vez. Quando terminaram o longo beijo, o hoplita fez menção de dizer algo, mas ela não permitiu, colocou um dedo sobre os lábios dele evitando que falasse qualquer coisa. Ela se despiu e ajudou o amante a se desvencilhar da armadura. O casal, agora nu, aproximou-se como nunca fizera antes. Consumaram o seu amor. O desejo que sempre sentiram um pelo outro. Suor, prazer e fluidos se misturaram aos gemidos ritmados dos dois. Exaustos se deitaram sobre um cobertor que Eadgar trouxera entre seus pertences.

— Eu sempre te amarei — disse Lenora com um sorriso terno e maravilhoso.

— Tu és minha inspiração! Minha musa. Para sempre!

Os dois se beijaram mais uma vez e adormeceram.

Somente quando o sol já pontuava alto no céu, Eadgar despertou. Sentia o peso leve de Lenora sobre o peito. Com a mão esquerda esfregou os olhos que estavam meio secos. Sentia-se como se estivesse de ressaca, como se tivesse bebido duas ou três garrafas inteiras de vinho.

Tocou nos cabelos de Lenora enquanto olhava para o céu azul, para as poucas nuvens que navegavam nele. Teve a impressão de que não estavam sedosos como na noite anterior. Acariciou o rosto da amada e o sentiu áspero. Só então, percebeu um cheiro estranho invadindo sutilmente suas narinas. Um odor de carne putrefata. Levantou-se afastando o corpo de sua companheira. Seu grito de horror ecoou pelas ruínas do templo e pela floresta.

Lenora não passava de um esqueleto com alguns pontos ainda recheados de músculos e pele. Vermes passeavam pelas cavidades mais recônditas. Eadgar amaldiçoou Palas Atena, mesmo lembrando naquele instante do alerta feito pela divindade: a inocência de Lenora é o mesmo que a vida! Como poderia ter dito não para a sua querida? Como poderia ter evitado amá-la tão profundamente? Lenora pela primeira vez o desejara mais do que Palas Atena. Era inegável, pudera sentir em seus olhos, em sua alma, na maneira como se despira e se entregara para ele. Só podia ser vingança da divindade que não permitia concorrência.

Sempre ouvira falar que os deuses eram egoístas, vingativos, rancorosos, tão cheios de vícios quanto os seres humanos. Por ter extirpado a inocência de Lenora, o hoplita condenara sua amada ao inferno, dessa vez, sem chance de resgate. As celas escuras do Hades a receberiam novamente com prazer. Seria impossível revê-la. Ao longe escutou o crocitar de uma ave agourenta, a voz de um corvo. Era como se ele decretasse o que não havia mais volta, o que Eadgar não conseguia conceber ou mesmo acreditar: *nunca mais a encontrará! Nunca mais!*

In: O corvo: um livro colaborativo. São Paulo: Empíreo, 2015, p. 76-85

SOB OS AUSPÍCIOS DO CORVO

I. RANCHO

O final da tarde se aproximava. O pôr do sol naquela região desértica do Oeste sempre impressionara Kane Blackmoon. Não podia ficar parado admirando a paisagem. Precisava terminar o seu trabalho antes de escurecer. Já estava atrasado em reunir o gado.

Desde que chegara ao rancho, há mais de um ano, tornara-se bom amigo de Donald, o filho favorito do patriarca Richard. Kane, pensativo, lembrou-se do enterro de Sunset Bison como se fosse ontem. Em poucos dias, o velho xamã lhe proporcionara preciosos conhecimentos. Não conseguia esquecer que a morte dele tinha sido culpa sua, decorrida da ganância por uma recompensa. Hoje sabia que existiam coisas mais importantes do que o dinheiro.

— O que foi, parceiro? — perguntou Donald. — Você não parece muito concentrado.

— É o pôr do sol. Ele me faz lembrar de um bom amigo. Uma espécie de pai que eu nunca tive.

— Entendo sua tristeza por não ter tido um pai ao seu lado. O meu é um sujeito duro. Avesso ao sentimentalismo. Mas, ainda assim, é um homem bom. Capaz de tudo por nossa família.

— Fico contente por vocês. Sua família tem minha amizade e meu respeito. Sempre foi difícil encontrar um local em que me acolhessem de verdade.

— Posso apenas imaginar a sua angústia por viver à margem da sociedade.

— Tenho sentido isso na carne. Ser mestiço torna-me um pária em qualquer lugar. Não sou bem-visto pelos brancos, não sou admitido entre os peles-vermelhas. Vocês são um milagre para mim.

— Belas palavras. Você tem sido um irmão para nós.

— Obrigado por dizer isso! — Kane abriu um sorriso sincero.

— Vamos agrupar logo esses animais. Você sabe que minha mãe não gosta de atrasar as refeições.

— Se chegarmos depois da oração, ela nos deixará com fome até amanhã de manhã, para que a gente aprenda a lição — o mestiço gargalhou com vontade.

Donald esporeou o cavalo que montava. Kane o seguiu em um malhado. Poeira levantou das ferraduras. Aos brados, os dois vaqueiros conduziram os bovinos para o cercado. Deixaram os equinos no estábulo somente quando a lua já avançava onipotente no céu estrelado.

Os dois chegaram à varanda. Richard pitava um fumo de cheiro forte enquanto se embalava em sua cadeira de balanço.

— Outra vez, atrasados. Donald, uma hora sua mãe vai lhe aplicar uma surra.

— Somos somente eu e o Kane, pai — tentou se justificar.

— Sem desculpas, garoto.

Donald ficou quieto. O mestiço limitou-se a abaixar a cabeça.

— Vamos, entrem. Eu vou assim que terminar minha cigarrilha.

Donald entrou na frente, seguido de Kane. Viram as mulheres colocando os pratos à mesa. A sala de jantar e a cozinha dividiam o mesmo espaço. Dentro do casarão, de um andar, havia uma sala de estar, uma sala de costura, um escritório e os quartos dos moradores. A família era bem-sucedida nos negócios. Vendiam couro, leite e carne para a cidade.

— Vocês poderiam chegar, alguma vez, no horário certo? — perguntou a mãe de Donald em tom de reprimenda.

— Quando John nos acompanha, o trabalho é mais rápido, mãe.

— Enquanto minha perna estiver quebrada, não tenho como ajudá-los, irmão — disse John que estava sentado à mesa.

— Não estou reclamando de você, mano. Apenas tento me justificar. O trabalho é duro.

— Pensa que trabalhamos menos que você, Donald? — perguntou a mãe.

— Mamãe, eles estão com cara de exaustos e devem estar com fome. Venha, Kane. Você também, Donald — Lisa decidiu interferir naquela conversa, antes que se tornasse uma briga entre mãe e filho.

Lisa era a primeira filha de Richard e Abigail. Tinha vinte e um anos. Já recebera duas propostas de casamento e não aceitara nenhuma. Queria casar por amor, mesmo que seus pais

insistissem na importância de escolher um marido abastado. Por sorte, a família era bem diferente da maioria e permitia que ela tivesse livre-arbítrio em suas decisões. Em geral, as mulheres sempre deviam seguir as ordens dos pais e dos maridos. Desde a chegada de Kane, o coração dela estremeceu por aquele homem diferente. Não era igual a nenhum outro. Os cabelos eram negros, lisos e atualmente compridos, presos em um rabo de cavalo. A pele de tom levemente avermelhado, o corpo bem torneado e com tatuagens nos braços e no peito. Uma vez, ela o espionara. O mestiço dormia em um quarto contíguo ao estábulo. Por uma fresta, durante o final de uma tarde, ela o viu desenhando o próprio corpo com uma agulha. Para aguentar a dor, bebia uísque. Não ficou por ali muito tempo, não queria ser pega no flagra. Não foi bem no início, mas logo soube que estava apaixonada por ele. Pelos olhares e as conversas que tinham, podia jurar que Kane sentia o mesmo por ela. No entanto, parecia impossível que aquele amor pudesse se concretizar. O pai nunca permitiria que ela se casasse com um mestiço, um sujeito com sangue índio nas veias. Mesmo que Richard o respeitasse e até mesmo tivesse admiração por Kane, o marido tinha de ser cristão e branco.

Lisa puxou uma cadeira para Kane que agradeceu a gentileza com um sorriso terno. Abigail chamou Richard em alto tom, assim que todas as panelas foram colocadas sobre a mesa. O patriarca entrou no recinto e assumiu o assento da cabeceira.

— Donald, você vai com Kane amanhã até a cidade para comprar fumo. O meu acabou.

— Como quiser, pai.

— Temos uma lista de compras, Donald — falou Lana, a outra irmã.

— Posso ir junto? — perguntou o pequenino Eddie, a única criança da família.

— Podemos falar de compras depois? É hora da oração. Richard, por favor, comece!

Todos deram as mãos. O patriarca pediu que Deus olhasse por todos, até mesmo por aqueles que ainda não o haviam recebido de corpo e alma – olhou para Kane – que protegesse a família, que lhes concedesse saúde e também sabedoria. Por fim, rezou um pai-nosso.

Depois de um jantar farto, as mulheres limparam a mesa e a cozinha antes de se recolherem. Eddie foi para a cama em seguida, enquanto os homens reuniram-se na sala de estar para conversar sobre a lida do dia e beber um pouco de bourbon. Somente quando a garrafa acabou, foram para os seus quartos. Kane, ao sair, encontrou Lisa na varanda enrolada em um casaco pesado. Àquela hora da noite, fazia frio.

— Lisa?

— Eu esperava por você.

— Nesse frio? Você poderia conversar comigo de manhã.

— Com todos à nossa volta, seria difícil.

— Por quê?

Ela se aproximou e o encarou bem no fundo dos olhos.

— Você não sabe?

— Sua família não aprovaria — Kane também se aproximou.

— A maior dificuldade será convencer meu pai. Mas ele aceitará, eu tenho certeza.

Os dois trocaram um beijo longo e demorado. Depois que se separaram, Kane disse:

— Agora você precisa entrar antes que alguém note a sua falta.

— Eu te amo, Kane.

— Eu também te amo, Lisa. Quero me casar com você.

Ela encheu os olhos de lágrimas.

— Eu também. Pensaremos nisso durante os próximos dias.

— Tenho certeza de que Donald aprovaria. Contarei primeiro para ele.

— Depois que tivermos o apoio do Donald, falarei do nosso amor para Lana.

— Por favor, Lisa. Agora é melhor que você entre. Não queremos que alguém nos encontre aqui e nos interprete mal.

Eles se despediram com mais um beijo.

Kane foi para o seu alojamento que ficava ao lado do estábulo. Sentou-se sobre o colchão, arquitetando os próximos anos de sua existência. Viveria com Lisa e constituiria uma bela família com muitos filhos. Colocou um pouco de erva dentro do cachimbo que recolhera como herança de Sunset Bison. O objeto era entalhado com desenhos de sóis e uma cabeça de bisão. Sem dúvida, uma peça única. Kane fumava somente em momentos nos quais desejava obter alguma visão. Naquela noite, sentia-se disposto para enxergar algo diferente, talvez algo sobre o seu futuro.

Depois de algum tempo fumando, não sentiu nada além de um leve torpor, e o cansaço da lida diária tomou conta dele. Deitou-se e dormiu sentindo-se envolvido por um bater de asas sobre a cabeça. Um manto negro em forma de penas cobriu os seus sonhos. O corvo viera visitá-lo. Voou com a criatura pelas terras de Richard, vendo a noite incrivelmente clara. Alguns quilômetros depois, pairaram sobre uma formação rochosa. Lá havia uma caverna. Homens se esquentavam ao redor do fogo, gargalhavam e bebiam muito. Era um acampamento. Aquela imagem permaneceu em seu subconsciente, antes que o sonho terminasse de forma abrupta. Acordou na manhã seguinte exausto e com dor de cabeça.

2. CIDADE

Kane e Donald preparavam os cavalos que puxariam a carroça. Lisa entregou para o amado uma lista de produtos que eles deveriam comprar na cidade. Piscou para ele e riu. Parecia contente como nunca estivera antes. O mestiço retribuiu com um sorriso sincero. Em seguida, assumiu as rédeas e botou os cavalos na estrada. O pequeno Eddie correu atrás deles, queria ir junto. Donald gritou para o irmãozinho:

— No próximo mês você vem conosco, Eddie!

O garotinho chorou e xingou o irmão. Donald riu, comentando com Kane que o menino era temperamental.

A viagem era longa. Demoraram três horas para chegar à cidade. Durante o trajeto, Donald comentou o seu interesse por uma das filhas do xerife. Kane falaria sobre o amor dele por Lisa quando retornassem. Ainda não sabia muito bem como iniciar a conversa.

Ao chegar, foram direto para o Armazém do Jimmy. Lá conseguiriam todos os alimentos e especiarias dos quais necessitavam. Também era possível comprar tecidos importados. Quando as mulheres precisavam de itens desse tipo, uma delas sempre os acompanhava. Desde que Kane chegara ao rancho, Lisa se candidatava para a viagem. Era durante esse trajeto que

os dois costumavam conversar longamente. Dessa vez, ela não encontrara desculpa para acompanhar os dois homens. Tivera de ficar no rancho.

— Bom dia, Jim.

— Bom dia, garoto.

— Viemos fazer umas compras.

— Passe a lista. Lisa não veio hoje?

— Está vendo ela aqui?

— Não. Vejo somente dois marmanjos feios na minha frente — o homem riu e apertou a mão de Donald e de Kane.

Kane passou a lista para o sujeito que a leu em voz baixa.

— Vou demorar um pouco para separar tudo. Não querem passar na casa de armas enquanto isso?

— Por acaso, você se tornou sócio do Martin? Está ganhando comissão para vender para ele? — perguntou Donald em tom de brincadeira.

— Aquele velho é um sovina. Não é fácil obter dele uma dose de uísque, que dirá uma comissão.

— Então não entendi por que deveríamos passar lá.

— Dizem que um bando de criminosos está pelas redondezas. Eu já me abasteci com cartuchos para minha espingarda. Se alguém entrar aqui sem a minha permissão, vai levar fogo no rabo! — Jim gargalhou à vontade. — Deixem-me trabalhar e voltem mais tarde. Preciso no mínimo de meia hora.

— Munição não nos falta, Jim. Quero comer alguma coisa. Siga-me, Kane.

Os dois deixaram o estabelecimento. Atravessaram a rua e entraram no saloon, naquele horário, havia somente três homens jogando cartas e bebendo. Kane e Donald perguntaram o que havia para comer ao barman, que também era o proprietário. Aceitaram a refeição oferecida: batatas cozidas, milho e um pedaço de pernil. Beberam água fresca para acompanhar.

Um dos três ali sentados participando do carteado levantou para esvaziar a bexiga e aproveitou para reclamar:

— Os tempos já não são mais os mesmos. Agora permitem que índios sujos frequentem o mesmo lugar que nós.

No mesmo instante, Donald levantou-se:

— Morda a língua antes de falar do meu amigo!

— Acalme-se, Donald — disse Kane. — Ele não vale a pena. — Vamos terminar nossa refeição e voltar para casa.

— Isso, garoto. Faça o que o índio diz. Será melhor para você! — o homem gargalhou e saiu.

Kane e Donald terminaram de comer, pagaram a conta e, em seguida, retornaram ao estabelecimento de Jimmy. A carroça já estava carregada. Despediram-se do homem, colocando os devidos dólares em suas mãos. Logo já estariam de volta ao rancho, com o veículo repleto de cereais, especiarias, fumo e bebidas alcoólicas.

— Obrigado por me defender lá no saloon, Donald.

— Amigos são para essas coisas, Kane. Além do mais, não foi nada, aquele idiota não teve o que merecia.

— Considero você um irmão. Sabia?

— Eu sei, Kane. Você bem que poderia fazer parte da família.

Kane surpreendeu-se com aquele comentário e aproveitou para dizer o que desejava desde o início da viagem.

— Bem que gostaria. Se o seu pai permitisse, eu pediria Lisa em casamento. Eu me converteria em um verdadeiro cristão, se for preciso.

— Você tem meu apoio, caro amigo. Não será fácil convencer meu pai. Mas se for a vontade de Lisa, ele acabará cedendo.

— É vontade dela também, pode ter certeza.

— Então, será questão de tempo! — Donald estava feliz com aquela revelação. Já imaginava, pelos olhares e as conversas, que a irmã e Kane tivessem interesse um no outro.

O restante do trajeto foi marcado por conversas alegres e repletas de planos que os dois arquitetavam para suas vidas futuras. Mas nada do que projetaram aconteceria.

3. COVIL

Não era a primeira vez que Kane deparava-se com uma matança. Mas essa, diferentemente de outras, enchia seu coração de ódio. Costumava ser frio em situações como a que se encontrava agora. No entanto, seus olhos marejaram. Só desejava caçar os marginais e escalpelar cada um deles, bem aos poucos, para que sentissem dor.

Quando ele e Donald chegaram ao rancho, notaram tudo muito silencioso. Ninguém os recebera. Nem mesmo Eddie que costumava aguardá-los na varanda junto com Lisa. Quando chegaram mais próximos da casa, puderam enxergar as janelas quebradas. Buracos de bala nas paredes de madeira. Viram cartuchos de munição espalhados no chão por diversos pontos. Havia sangue na terra. O que parecia ser um grande saco de estopa caído bem na frente da porta, quando se olhava de longe, era um corpo.

Desceram da carroça. Não conheciam o homem morto na varanda. Entraram na casa. Na sala de jantar, o corpo de

John fora cravejado de balas. O sangue espalhara-se pelo piso. Donald ajoelhou-se para socorrer o irmão. Mas aquilo era algo impossível, pois a morte já o tocara.

Kane correu até o quarto de Lisa, não a encontrou. Depois foi até o escritório. Lá seu horror foi completo. Encontrou Eddie com a garganta cortada e, na testa do velho Richard, um buraco de bala. O cofre que ficava atrás de um quadro estava aberto e vazio.

Donald, ao entrar, não conseguiu conter o choro. Kane abraçou o amigo e tentou manter o raciocínio em ordem.

— As mulheres não estão aqui, Donald. Elas podem estar vivas!

O amigo não conseguia dizer coisa alguma.

— Você está me escutando, Donald?

O rapaz apenas fez um gesto afirmativo com a cabeça.

— Temos de nos apressar. O cheiro da pólvora ainda é recente. Podemos salvá-las.

— Eles as sequestraram?

— Creio que sim. Mas não devem estar preocupados com o resgate. Vamos logo. Nós dois podemos resolver isso. Pegue as espingardas e a munição. Já estou com o meu Colt. Preciso passar no meu alojamento para apanhar umas coisas. Nos encontramos no estábulo para colocar a sela nos cavalos.

Kane correu até o seu dormitório e pegou uma sacola de couro na qual levaria algo que poderia ajudá-lo em último caso. Prendeu à cintura uma machadinha. Quando chegou ao estábulo, deparou-se com o lugar vazio. Os bandidos haviam roubado todos os cavalos. Dali foi direto para a frente da casa, local onde haviam deixado a carroça. Donald chegou com pressa e desespero estampado no rosto.

— Eles levaram todas as nossas armas e munições.

— Também sumiram com os cavalos.

— E agora?

— Vamos desatrelar os animais da carroça.

— Eles devem estar exaustos!

— Terão de servir. Você deve voltar para a cidade e avisar o xerife. Eu vou no encalço dos assassinos.

— Não. Iremos juntos. É minha família, Kane.

— Temos pouca munição. Levei somente uma cartucheira comigo quando saímos hoje de manhã.

— Eu também. Não tenho nada mais do que você. Apenas uma pistola e algumas balas.

— Não é hora para discutir. Temos que alcançá-los.

— Precisamos encontrar a trilha deixada pelos cavalos deles e os roubados.

— Isso é fácil. Eu já vi. Seguiram para o Sul.

Antes de partir, os dois deram água para os cavalos e encheram os próprios cantis. Seguiram o rastro deixado pelos bandidos. Passaram por um campo verde, terra do patriarca Richard. Atravessaram um córrego e, em seguida, chegaram a uma zona arenosa. Já fazia mais de hora que cavalgavam.

A noite cresceu engolindo o dia. A lua nova no céu não os ajudava em nada naquela perseguição. Conforme o velho amigo que já morrera, Sunset Bison, a família de Kane não tinha nenhum poder nesse período lunar. A não ser que o indivíduo fosse acompanhado por um espírito do totem. Sobre a sua cabeça, Kane ouviu asas sobrenaturais movimentando-se. Olhou para cima, não avistou nada, mas soube que o corvo o acompanhava. Sentiu-se mais seguro.

Naquele momento, lembrou-se plenamente do sonho que tivera durante a madrugada, depois de fumar a erva especial no cachimbo que, segundo Sunset, teria sido um presente da deusa Whope. Vislumbrou todo o caminho que levava até o covil dos bandidos. Eles haviam feito o acampamento em uma caverna bem escondida no interior de um grupamento rochoso.

— Tive uma visão, Donald.

— Outra? Como aquela do mês passado?

— Da mesma natureza. Pude ver os desgraçados em uma caverna. Não é longe daqui. Deixe sua pistola carregada. Precisamos ser rápidos para surpreendê-los.

— Quantos você acha que são?

— Talvez uns doze.

Donald calou-se. Seria difícil lidar com um número tão superior a eles. Rezou em silêncio enquanto cavalgavam. Os cavalos estavam exaustos tanto quanto os dois perseguidores. Aquela tarefa estava fadada ao insucesso, mesmo assim os companheiros não desistiriam. Precisavam salvar o que restava da família.

— Lá está o covil! — apontou, Kane. — Não podemos chegar pela frente. Certamente, eles devem ter deixado alguém de guarda. Vamos seguir por aquele agrupamento de rochas à esquerda. Quando chegaram ao improvisado esconderijo, deixaram os cavalos. Seguiram o restante do caminho agachados. Assim que as rochas tornaram-se mais escassas e menores, arrastaram-se pela parca relva e pela areia.

Kane avistou um homem sentado em uma pedra. Fumava sem dar importância para a vigília de que fora encarregado.

— Fique aqui, Donald. Não dispare uma bala sequer por enquanto. Não podemos alertar os outros. Esse é meu.

O meio índio continuou arrastando-se pelo terreno. Donald pôde vê-lo contornando a pedra, e surgir em pé como se fosse um urso atrás do bandido. Com fúria, a machadinha de Kane rachou o crânio do inimigo com um golpe na têmpora direita. O sujeito nem teve tempo de gritar, tamanha violência e rapidez do golpe. Donald se aproximou com cautela, enquanto Kane escalpelava a vítima e prendia o item recém-adquirido ao cinto. Pegou o coldre de arma dupla do desconhecido e todas as balas que possuía, e as entregou para Donald.

— Somente um de guarda?

— Duvido. A entrada ainda está longe. Deve ter mais algum por aí de tocaia. Vamos continuar em silêncio e nos arrastando — sugeriu Kane.

Os dois se esgueiraram por aquela relva baixa e rochas de porte médio. Enfim, encontraram mais dois. Eles conversavam. Kane e Donald não conseguiam escutar o teor do diálogo. Mas estavam suficientemente perto para realizar tiros certeiros.

— Vamos ter de arriscar mais um pouco — disse Kane. — Cada um de nós pega um. Sem barulho! Entendido?

— Nunca usei minha faca contra um homem. Será hoje.

Kane se aproximou por trás de um dos bandidos que não teve tempo de reagir ao sentir a cabeça rachar com o poder da machadinha do mestiço. O outro, ao ver o companheiro sendo assassinado, sacou o revólver, mas, antes que pudesse disparar, sentiu algo cravar-se em suas costas. Donald arremessava muito bem uma faca. A dor inesperada foi suficiente para que Kane conseguisse acertá-lo com a machadinha no queixo, quebrando sua arcada dentária. O ódio de Kane por aqueles homens tornara-se evidente. Escalpelou os dois mortos e pintou o sangue deles no próprio rosto. Prendeu no cinto os novos troféus. Donald, apesar do ódio que sentia pelos bandidos, não conseguiria fazer aquilo. Pela primeira vez, viu algo primitivo e selvagem no amigo. Retirou a faca das costas do homem e a guardou na cintura.

Continuaram seu trajeto feito duas cascáveis pelo terreno, parando atrás de uma rocha que lhes dava cobertura.

— Ali está a entrada!

Kane indicou uma abertura larga em um paredão rochoso. De lá, vinha uma luz tênue que podia ser de um lampião. Mais adiante, estavam os cavalos roubados. Donald observou ao redor. Descuidando-se, talvez pelo fato de estar tão próximo da entrada, o rapaz correu ao longo da parede rochosa antes que Kane pudesse alertá-lo. Ouviu-se um tiro.

Uma bala acertara o peito de Donald fazendo espirrar o sangue. Do lado oposto da entrada, havia um sujeito gordo que se escondia atrás de uma rocha. Aos seus pés, uma garrafa de uísque. Ele viu Kane e também disparou. O sujeito tinha boa mira, pois acertara a coxa direita do mestiço.

Kane Blackmoon protegeu-se atrás da rocha que lhe dava cobertura. Sacou o revólver e disparou mais de uma vez contra o gordo, sem obter sucesso. Esgueirou-se para o lado oposto da pedra, com a perna queimando de dor, e viu dois homens chegarem à boca da caverna.

Quando um deles percebeu que Donald, mesmo caído, tentava pegar o revólver do coldre, sem piedade, disparou à queima-roupa um tiro certeiro em sua cabeça. Kane desmoronou. Não era possível. Ele perdia todas as pessoas que gostava. A morte não poupava ninguém no Velho Oeste.

Um fio de esperança ainda lhe restava. Lisa tinha de estar viva. Ele a salvaria. Contudo, não tinha mais dúvidas das atrocidades que aqueles selvagens deviam ter cometido contra as mulheres. Tentava afastar o pensamento que o invadia. Seu ódio cresceu como um verme faminto em suas entranhas. Levantou-se em um arroubo de loucura e correu como pôde, afastando-se da entrada do covil. Novos disparos o seguiram. Um deles, com pleno sucesso, acertara sua omoplata esquerda. Pôde escutar asas atrás de si, o familiar farfalhar de asas que o acompanhava. Era como se tivesse sido salvo das outras balas pelo corvo espiritual que o protegia.

Kane jogou-se atrás de uma pedra que podia servir de refúgio durante algum tempo. Pegou o objeto que trouxera em sua sacola de couro. Só tinha uma possibilidade de salvação. Quebrou o pote de cerâmica repleto de inscrições bem próximo dos seus pés. Uma fumaça negra libertou-se. Era o demônio que Blackmoon e Sunset Bison tinham aprisionado. Como se fossem velhos conhecidos, a coisa falou pelas suas diversas bocas repletas de dentes minúsculos e afiados:

— Você? É difícil acreditar que o mesmo humano que me prendeu agora me liberta.

— Fiz isso apenas para oferecer um acordo.

— Há, há, há, não me faça rir. Vejo a morte bem à sua frente — os tentáculos de sombras do demônio mexiam-se como cipós vivos.

— Desejo vingança. Permito que entre em meu corpo para que eu possa utilizar os seus poderes.

Os diversos olhos da criatura arregalaram-se como se estivessem surpresos.

— Nada mal. Posso sentir o ódio fervendo em você. Mas... Pressinto alguma espécie de trapaça escondida.

— Como eu poderia enganar um demônio? Veja! A prisão em que eu poderia prendê-lo não existe mais. Está quebrada!

— Isso me anima. Trato feito!

O demônio, sem perder tempo, tornou-se vapor negro e entrou pela boca e pelas narinas de Kane. Como se tivesse tomado alguma poção de cura mágica, os ferimentos em seu corpo fecharam-se. Antes disso, a bala em sua coxa e a outra em seu ombro foram expelidas pela carne que se recompunha.

Kane olhou para o lado e viu o sujeito obeso a poucos metros dele. Empunhava uma pistola mirando a sua cabeça. O mestiço levantou-se com rapidez sobre-humana e rolou para o lado evitando o projétil que vinha à queima-roupa. Em seguida, deu um salto como se fosse um puma e cravou a machadinha na testa do bandido.

Os outros que haviam surgido na boca da caverna também estavam próximos. De suas pistolas, voaram mais balas. Uma ou outra acertaram Kane que parecia invencível. Mesmo sentindo dor, aquilo não era suficiente para pará-lo. Lembrou, conforme os ensinamentos de Sunset Bison, que somente balas de prata poderiam fazer estragos efetivos em um corpo possuído por aquele demônio.

Kane, quando atacou os dois, pôde ver despontando de suas próprias mãos sombras como garras que dilaceraram seus inimigos. Outros marginais da entrada do covil davam tiros a esmo, gritando coisas como "é um demônio", "não, é um fantasma", "é um lobisomem". Estavam atordoados por aquela visão. Podiam enxergar uma sombra que se destacava do corpo do mestiço dando-lhe uma silhueta única e bizarra.

O meio índio estraçalhou os que estavam em seu caminho. Entrou na caverna e deu cabo dos últimos homens do bando, sem mesmo se dar ao trabalho de saber quem era o líder. Espalhou o terror e as vísceras de cada um deles pelo interior daquele covil.

O demônio sentia-se inflamado pela fúria. Durante aqueles momentos de carnificina, sentira-se dono da situação. Mas algo não estava certo. Quando tentou atacar uma mulher viva, não conseguiu. Foi impedido pela vontade de Kane.

— Lana!

Kane se aproximou. Ela ainda respirava. Suas roupas estavam rasgadas. Mais ao fundo da caverna, viu Abigail. Não sobrevivera aos maus-tratos. Um pouco mais adiante, jogada em um colchão, sem vida, avistou Lisa. Correu até a mulher com quem desejava casar. Agarrou-a em seus braços e chorou. Sentia-se completamente só.

Uma voz baixa o importunava querendo atenção. A voz estava em sua cabeça. Era o demônio.

— O que você fez, safado? Por que eu não tenho o controle do seu corpo?

— Eu é que tenho o controle sobre você. Tatuei os símbolos do pote de cerâmica em meu peito e nos meus braços, tornando o meu corpo preparado para ser o seu novo cárcere.

A voz permaneceu em silêncio tentando compreender sua nova situação. Quando esteve fora do pote de cerâmica acertando o pacto com Kane, nunca imaginou que o mestiço pudesse ter tatuado o corpo. Como o sujeito estava vestido, não fora capaz de cogitar aquela situação. Tinha sido enganado.

— Usarei seus dons como eu desejar a partir de agora. Além de prisioneiro, você é meu escravo.

O demônio refletiu mais um pouco antes de falar:

— Já estou no seu corpo. Não tenho pressa para seduzir sua alma. Logo ela será minha.

— Nunca. Aqui quem manda sou eu.

— Veremos! Há, há, há!

— Cale-se!

A gargalhada começou a se desfazer como um eco distante.

Kane tinha trabalho a fazer. Colocou os corpos de Lisa, Abigail e Donald em uma das carroças que pertencia aos bandidos, provavelmente, fruto de outros roubos. Junto deles, teve de deitar Lana. Ao menos ela havia sobrevivido. Estava ferida e mostrava os danos psicológicos dos atos que sofrera durante o breve cativeiro. Kane cuidou dela prestando serviços básicos de primeiros socorros. Deixou-a no rancho, instalada no próprio quarto. Dirigiu-se até a cidade para buscar um médico e também um agente funerário para tratar dos enterros. Não se descuidara de reaver o dinheiro roubado do cofre de Richard no covil dos bandidos. Devolvera tudo para Lana e talvez tivesse lhe dado bem mais, pois não sabia determinar qual quantia era da família, qual era proveniente de outros assaltos.

O xerife da cidade recolheu os corpos dos marginais, após Kane indicar o local em que se escondiam. Não achando dinheiro vivo, concluiu que alguns deles poderiam ter fugido antes do ataque da fera que estripara os outros. Kane contara para o homem da lei que, ao chegar, já encontrara aquele quadro de sangue e morte. Porém, um dos sobreviventes, ao se deparar com Donald, baleara-o ocasionando a sua morte.

O oficial pressentia que muitas coisas não se encaixavam naquela história. Mas, como não tinha respostas melhores para

obter de Kane, ficou satisfeito em saber que mais de quinze procurados pelo Estado tiveram um final merecido. Como muitos deles tinham a cabeça a prêmio, certa quantia foi paga para Kane, que aceitou os dólares para se equipar. Colocaria os cascos do seu cavalo para explorar o Oeste mais uma vez. Já não tinha mais nada a fazer naquele rancho. Seu amor descansava a sete palmos debaixo da terra. Seu melhor amigo, ao lado dela.

Kane despediu-se de Lana, algumas semanas depois, com um beijo em sua testa chamando-a de irmã. Por onde quer que fosse, o corvo o acompanharia. E, agora, também uma voz, que se manifestaria, em momentos de fraqueza, tentando seduzi-lo para o lado das sombras.

A primeira aparição do personagem Kane Blackmoon está registrada no livro Estranho Oeste da Argonautas Editora, de 2011, no conto Bisão do Sol Poente.

OS DESEJOS DE MORRIS

MORRIS JOGOU A COISA NO FOGO. Antes mesmo que começasse a crepitar na lareira, o Sr. White deu um pulo da poltrona em que se acomodava. Sentiu o calor das labaredas lamberem os seus dedos. Agarrou o artefato como se fosse a salvação de sua vida. O objeto estava praticamente intacto. Pronto para ser utilizado mais vezes. O olhar do militar, para o Sr. White, era de indiferença. Por alguns momentos, nutrira a esperança de poder se livrar dela para sempre.

Na sala de estar, além do Sr. White e do primeiro-sargento, marcavam presença a Sra. White e o filho dos White. Foi surpresa para todos quando surgiu na soleira da porta daquele recinto um invasor.

O Sr. White, ao ver aquele sujeito, não teve dúvidas de que se tratava de um ladrão, agarrou a bengala e partiu para cima do homem. O militar, mais experiente nessas situações, segurou o velho. Em seguida, sacou uma pistola que repousava no coldre preso à cintura.

O homem disse, em um tom apaziguador, antes que alguém pudesse ameaçá-lo verbalmente:

— Perdoem-me por entrar nesse lar sem ser convidado. É uma atitude grosseira da minha parte. No entanto, estou aqui para ajudar. Logo vocês entenderão que vim para auxiliá-los.

— Se admite que não foi convidado e procede de maneira rude, como ousa invadir minha casa? — perguntou furioso o Sr. White, balançando a bengala na direção do indivíduo.

— Serei direto. Não gosto de rodeios. Estou aqui para levar a Mão do Macaco. Tenho um lugar seguro para ela. Um lugar que não possa mais causar desgraças.

— Desgraças? — ironizou o Sr. White. — Como pode dizer isso. Um objeto capaz de conceder desejos não pode ser uma desgraça.

O militar guardou a pistola no coldre e sentou-se novamente na poltrona. Colocou as mãos sobre o rosto. O Sr. White, sem entender o que estava acontecendo, perguntou:

— O que aconteceu Morris?

O militar descansou os braços sobre os apoios da poltrona.

— Acho que é melhor eu contar para vocês a minha história. Depois disso, White, creio que você desistirá de manter essa coisa do inferno junto de você e da sua família.

O velho não entendeu a mudança brusca do tom de voz e o abatimento na expressão do primeiro-sargento. Resolveu escutá-lo, desprezando a presença do estranho.

— Comprei a Mão do Macaco de um contrabandista indiano. Foi uma ninharia, eu devia ter desconfiado. O barato sai caro. Ele me disse que um faquir havia encantado a mão e que realmente funcionava. O pobre homem usava um tapa olho e, pela aparência de sua pele, era como se tivesse adquirido uma doença grave, pensei que fosse lepra. Mas isso não tinha importância. Eu estava desesperado, qualquer um tentaria a sorte, por mais absurda que fosse a tentativa. Afinal, quando o assunto é o amor, nunca deveríamos desistir.

Morris agarrou o copo de uísque e bebeu todo o conteúdo.

— Depois de comprar o artefato, já na primeira rua em que consegui ficar sozinho, ao me afastar da multidão, revelei meu desejo para a coisa. Levantei a mão da criatura para o céu e pedi. Era como se o tempo tivesse parado, a brisa estagnou, a conversa das pessoas se tornaram ruídos distantes.

O primeiro-sargento interrompeu a narrativa, limpou o suor que começava a escorrer de sua testa, criando coragem para continuar.

— Chamarei o meu amor somente de Moça. Não consigo mais pronunciar o abençoado nome dela depois do que fiz. Roguei para a coisa encantada que fizesse Moça me amar eternamente. Ela era a mulher mais bela da Índia. Estava de casamento marcado com outro homem. Eu não significava nada em sua vida. Tinha me dirigido o olhar somente duas vezes até então, em momentos fugazes em que o acaso nos colocara frente a frente. Mas eu estava doente, fascinado por aqueles olhos amendoados e o andar gracioso. No dia seguinte, fui chamado pelo meu superior e designado para trabalhar alguns dias no palacete do pai da minha musa. Eu devia fazer a segurança dele e da família. O homem tinha desentendimento político com certas lideranças indianas, mas era aliado dos ingleses. A sua produção de chá era a mais barata para a nossa Companhia, e a de melhor qualidade. Moça, que antes não tinha consciência alguma de quem eu era, enamorou-se de mim desde o primeiro dia em que coloquei os pés na propriedade. Tão logo tivemos a oportunidade de estarmos sozinhos, trocamos

o primeiro beijo. Poucos dias depois, nós nos encontramos para consumar o nosso amor. Os meses se passaram e descobrimos que ela estava grávida. Só tínhamos uma alternativa. Sugeri que fugíssemos para a Inglaterra. Comprei as passagens em um barco simples. Seria uma viagem penosa que começaria no Ganges e depois se estenderia por terra, até que pudéssemos navegar nas águas azuis do Mediterrâneo. Foram três longos dias de espera até a data da partida. Combinamos de nos encontrar no barco, ela considerou mais seguro, apesar de meus protestos. Aguardei o máximo que pude até a hora do embarque. Ela não veio. A princípio, interpretei sua falta como uma despedida. Afinal, tinha evitado a todo custo que eu a buscasse. E, se ela tivesse perdido o interesse por mim, ou então, não tivesse coragem suficiente para abandonar a família e o país? Essas perguntas martelavam minha cabeça. Decidi embarcar. Talvez fosse melhor assim. Se ela não queria ser feliz ao meu lado, eu deveria respeitar a decisão. O percurso durou mais de um dia, tive tempo de fazer amizade com um comerciante que me convidou para ficar em sua casa quando ancorássemos. Em seu casebre, instalei-me três dias antes de dar continuidade à minha deserção. Não me olhe com essa cara de espanto, Sr. White. Fiz algo muito errado, desertei do exército inglês e ainda uso insígnias como se fosse um verdadeiro soldado. Peço desculpas, sei que não sou digno, mas nada mais importava depois de ter perdido o meu amor. E vale lembrá-lo que a maldita mão tem sua parcela de culpa em minha desgraça. Foi no casebre do meu novo amigo que o horror enfim veio ao meu encontro...

Nesse ponto da narrativa, as palavras pareciam morrer na garganta de Morris. O homem procurou as palavras certas tentando amenizar as imagens ruins que assolavam a sua memória.

— Eu estava deitado em uma esteira com almofadas, em um dos cantos da casa. Dormia um sono agitado, meu peito doía como se algo estivesse me pressionando. Um cheiro de coisa podre se insinuava pelas minhas narinas. Suando, acordei em um salto empurrando o peso que estava sobre mim. Oh, Deus, é difícil exprimir apenas com palavras o terror e o asco que senti. Todos os cabelos do meu corpo se arrepiaram. Gritei como nunca tivera gritado antes. Moça estava na minha frente, de joelhos no chão, depois que eu a empurrei. Seu rosto era de uma brancura inexpressiva. Nua, com o corpo sujo de lama, era a imagem do desespero. Os olhos turvos me fitavam, como se uma alma negra estivesse pronta para me sugar. Fiquei paralisado por alguns instantes. Ela disse em um tom de infelicidade. "*Meu amado, eu voltei do mundo subterrâneo pra ficar contigo. Atravessei o Ganges por você. Tive forças para voltar, mesmo depois do que meu pai fez comigo. Ele descobriu nosso amor, nosso filho. Abrace-me, preciso de conforto.*" Ela estendeu os braços. Por um momento, desviei meus olhos dos dela, apenas para deparar-me com pior horror. O sexo de Moça sangrava, gotas de sangue caíam pelo assoalho. Oh, Deus...

Morris calou-se colocando as mãos sobre o rosto para tentar nos esconder as lágrimas. Recompondo-se, alguns instantes depois, continuou:

— Ligado ao cordão umbilical, vi um pequeno monstro. Um feto que se alimentava da carne morta do indiano, meu anfitrião. Levantei atabalhoadamente antes que meu amor me agarrasse em seus braços secos. Deixei o casebre sem olhar para trás. Por sorte, durante o dia anterior, eu comprara um cavalo e o deixara pronto para partir logo na alvorada. Galopei durante a madrugada inteira, parando para descansar somente quando

a lua já estava alta. Em uma ravina, improvisei uma cama com um cobertor e me preparei para dormir. Antes que eu fechasse os olhos, escutei passos sobre a densa folhagem à minha volta. Distante apenas alguns metros, lá estava Moça carregando em seus braços o pequeno monstro, o feto que um dia teria sido meu filho. Desesperado, eu berrei, perguntei por que ela me perseguia. Dessa vez, não disse nada, apenas se aproximava, seu objetivo era ficar ao meu lado, eu havia entendido. Mas era impossível suportar a visão hedionda em que se transformara Moça. Fui até o cavalo e, na mochila, peguei a coisa maldita que ainda estava em meu poder e fiz o segundo pedido para a Mão do Macaco. Antes que os beijos dos lábios fétidos do meu antigo amor pudessem me alcançar, ela havia sumido.

Na casa dos White, o silêncio era sepulcral. Todos escutavam atônitos a história de Morris. O filho do Sr. White não conseguiu esconder uma curiosidade mórbida:

— Você ainda tem de nos contar qual foi o terceiro desejo.

— O que você tem na cabeça, garoto? — o Sr. White gritou com o filho. — Não vê que este homem está sofrendo?

— Tudo bem — disse Morris. — Eu mereço o sofrimento. Não fui capaz de evitar o terceiro desejo... Por favor, sirva-me mais desse uísque.

O ex-militar estendeu o copo para o filho do Sr. White que o encheu.

Depois de beber, pareceu um pouco mais calmo.

— Minha viagem de retorno foi longa. Durante anos, vaguei pela Ásia até chegar ao Mediterrâneo. Com medo de que Moça pudesse voltar, mantive a Mão do Macaco em meu poder. Quando comprei a passagem de navio que me traria novamente para a Inglaterra, parece que um sentimento de coragem me invadiu. Voltar para casa era uma espécie de dádiva do destino. Em uma noite, resolvi lançar o maldito artefato nas águas azuis do *Mare Nostrum*. Era como se um peso gigantesco fosse tirado de cima dos meus ombros. Levei para o convés uma garrafa de rum e bebi durante horas. Voltei cambaleando para a minha cabine. Meu coração disparou quando vi a mão molhada sobre os meus pertences. A coisa exalava o cheiro da água salgada. Estava repleta de algas grudadas nos dedos e nas unhas. Entendi que era necessário fazer um terceiro pedido para poder me livrar dela, do contrário, estaria sempre ali ao meu lado. Somente de volta à minha terra natal, fiz o que devia fazer. Antes de bater em sua porta, Sr. White, desejei que a mão tivesse um novo dono. Pelo visto, temos dois concorrentes para ficar com a maldita, você e o estranho que invadiu sua casa.

— Depois de tudo o que contou, Sr. Morris, seria tolice da minha parte querer essa coisa. Peço para que você e o estranho deixem minha casa e levem a Mão do Macaco com vocês. Não me importa quem vai ficar com o artefato.

— Não faça isso, pai — interviu o filho. — Podemos fazer nossos pedidos com cuidado. Temos apenas de usar as palavras certas. Morris não soube desejar corretamente.

— Morris desejou suprir sua paixão. E, nós, o que desejaremos? Vamos desejar pagar dívidas, ser famosos, milionários, homens ilibados? Meu filho, o que vem fácil vai embora fácil. Levem a mão daqui, por favor.

Morris ficou parado, não se movia do assento. O proprietário do Museu do Terror se aproximou do Sr. White e pegou o artefato colocando-o em uma sacola.

— Você tomou a decisão correta, Sr. White. Tenha certeza de que será mais feliz assim.

O proprietário do Museu do Terror se afastou e, quando dobrou em um corredor, sumiu sem que os presentes soubessem como ele tinha chegado, tampouco como havia partido.

O proprietário do Museu do Terror já marcou presença em dois contos impressos: Museu do Terror e Relíquia. Ambos publicados no livro Mausoléu de 2013 e, respectivamente, nos livros Pacto de Monstros (2009) e Poe 200 anos – Contos inspirados em Edgar Allan Poe (2010).

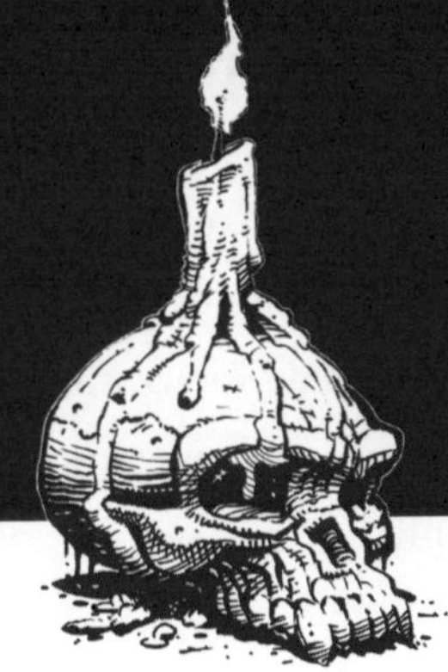

ALMAS ROUBADAS

QUANDO ACEITEI O TRAMPO, pensei que seria algo simples. Sou um bom fotógrafo. Com a minha lente potente e um pouco de sorte, eu sabia que conseguiria apanhar os dois no flagra. Eu puxara para perto da janela um sofá desbotado. Esperei pelo momento certo, oculto por uma cortina estampada. Deixava apenas uma fresta para espiar pela janela. A câmera repousava sobre o meu colo aguardando pelos cliques que obteriam a derradeira prova.

De nada adiantaria a campana, se algum dos dois não abrisse as cortinas que protegiam a janela. Ainda não temos o recurso da visão de raio X em máquinas fotográficas. Quem me dera ser como o super-homem. A vida seria bem mais fácil.

Como se algum deus tivesse escutado meus pensamentos, a mulher que eu espionava afastou as cortinas. Ficou na janela observando a noite. Em seguida, surgiu o político, seu amante, abraçando-a e segurando-a pelas ancas. Ela estava seminua. O sujeito apenas de samba-canção.

Os dois trocaram um beijo demorado. Enquanto isso, eu os fotografava com maestria e pleno foco. Havia obtido a

imagem perfeita para entregar ao meu contratante. Depois do longo momento de afeto entre os dois, ele começou a se vestir. Eu fiz mais algumas fotografias. Já estava pronto para encerrar meu expediente, quando o político abriu a porta do quarto. Vi dois homens de terno e gravata invadirem o local. Pareciam agitados. Quando olhei mais uma vez para a mulher, antes de me ocultar totalmente atrás da cortina, percebi que ela apontava para mim. Não sou bom leitor de lábios. Mas foi evidente que gritava:

— Lá! Lá está ele!

O político correu até a janela e fechou a cortina. Levantei de um sobressalto do sofá, deixando cair no tapete o cinzeiro cheio de cinzas do cigarro que eu recém fumara. Coloquei a máquina dentro da minha mochila e a posicionei em minhas costas. Saí do quarto sem chavear a porta. Precisava deixar o quanto antes aquele prédio. Certamente, os capangas daquele sujeito, que todos sabiam era um corrupto, viriam no meu encalço. Ainda bem que eu não precisaria acertar as contas com o hotel. Sempre fui precavido em se tratando de aventuras detetivescas. Dei entrada com um nome falso, com uma carteira de identidade fria. Quando quisessem descobrir quem ocupara aquele quarto, durante algumas horas, encontrariam o vocalista do Black Sabbath: Ozzy Osbourne.

Corri até o elevador e, com a palma da mão, bati insistente no botão que o chamava. Encontrava-se parado no andar térreo. Não dava para ficar de bobeira esperando por um transporte lento. Por isso, sem perder tempo, procurei pelas escadarias.

Para vencer aquele caminho, com o coração a mil no peito, eu pulava os degraus de três em três, mais ou menos. Arriscava uma queda em troca de não ser pego.

Desci alguns andares até que escutei o barulho ritmado e rápido de solas de sapato avançando escadaria acima. Concluí que minha saída por aquele caminho seria barrada. Tive de retornar. Subir se mostrou muito mais desgastante. O meu coração agora parecia que saltaria pela boca e os pulmões arfavam solicitando ar. Fiquei sem saber o que fazer. Subi até o terceiro andar e deixei o acesso às escadarias. No corredor comecei a testar cada porta para ver se alguma delas estava aberta. Eu precisava de um esconderijo. Mas foi em vão. Todas chaveadas. Hóspedes de alguns dos apartamentos se manifestaram perguntando o que estava acontecendo. Mas nenhum se atreveu a abrir a porta de suas fortalezas. Aquele não era um bairro que abrigava pessoas amistosas.

No final do corredor, depois de entender que não teria sucesso em encontrar um local para me esconder, aproximei-me de uma janela ampla. Olhei para o exterior. À minha frente, havia outro prédio. Mas não estava próximo o suficiente para que eu tentasse uma loucura. Ou seja, saltar de uma edificação para a outra. Já pensava seriamente em fazer isso se fosse necessário. À esquerda, havia um muro alto. Alguns gatos de rua se amontoavam protegendo-se do frio. Dois carros estacionavam sobre os antigos paralelepípedos daquele beco. O trânsito de carros àquela hora era mínimo, na rua transversal à direita. Pedestres não passeavam naquele bairro de madrugada. Pode-se dizer que se tratava de um lugar silencioso, não fosse pela presença de alguns traficantes discretos. Na calçada, visualizei dois contêineres de lixo.

— E aí, malandro! Qual é a tua?

A voz fez com que eu voltasse minha atenção para o lado oposto do corredor. Era um dos sujeitos que eu vira entrar no

quarto do político. Ele caminhava cautelosamente em minha direção. Colocou as mãos na cintura afastando o casaco para que eu visse o revólver que carregava em um coldre. Não queria vestir um paletó de madeira. Abri a janela e, antes que ele pudesse me alcançar, pulei.

Mergulhei no lixo orgânico. Fiquei dos pés até quase o pescoço encoberto por sacos com restos de comida, cascas de frutas e líquidos malcheirosos. Meu corpo doía. Certamente, eu havia quebrado alguns ossos. Torcia para que não tivesse estourado algum órgão interno. Com dificuldade, cheguei à borda metálica do contêiner e me projetei para fora da caixa. Quando meus pés atingiram o solo, senti uma dor muito forte no pé direito, que ficara completamente inchado. Quando olhei para cima, para verificar se o capanga me observava, uma pressão aguda despontou em minhas costelas. Que ideia idiota eu tivera. Mas ainda estava vivo. O sujeito me observava lá do alto. Para minha completa surpresa, ele também resolveu pular. Decidira me seguir a todo custo. Pois constatara que eu havia sobrevivido sem muitas sequelas. Porém, não tivera a paciência de observar onde se jogava. Havia dois contêineres. Um deles, de lixo orgânico. O qual eu arriscara enfrentar. O outro guardava os secos: plásticos, papelão, e algumas garrafas.

O som de vidros estilhaçados foi estridente quando ele atingiu a caçamba. No interior da caixa, o sujeito agonizava. A ponta de um ferro comprido e cilíndrico atravessava o ombro dele. Não sei que outros ferimentos poderiam ter ocasionado os objetos depositados ali. O capanga gemia, enquanto uma considerável quantidade de sangue vazava pela sua boa. Ao ver o revólver em seu coldre, aproximei-me surrupiando a arma.

Ele estava indefeso. Olhou para mim com ódio, mas sem conseguir se movimentar. Teve forças somente para me xingar. Com a arma, sentia-me mais seguro. Deixei o beco, ainda com a mochila nas costas, torcendo para que a máquina fotográfica estivesse intacta.

Respirar e caminhar ao mesmo tempo tornou-se uma tarefa difícil. A dor quase me fazia desistir. Mas eu não podia arriscar ser encontrado pelo outro guarda-costas. Para meu azar, topei de frente com ele. Antes que me dissesse alguma ameaça, apontei a arma de fogo para o joelho dele. Como a distância entre nós não era muita, consegui acertar em cheio.

Quando Dentes de Ouro me contratou, nunca imaginei que pudesse acontecer toda aquela merda. Se eu soubesse um terço do que aconteceria, teria recusado o trabalho. Parecia tão simples. Apenas fotografar um político corrupto e sua amante. Eu precisava de dinheiro. Fazia pouco, havia perdido meu emprego em um dos jornais que pagam bem na cidade. Aceitar o serviço era uma condição de sobrevivência e, além do mais, ferrava um sujeito sem escrúpulos.

O segundo capanga desabou no pavimento da rua principal contorcendo-se de dor. Suas mãos dirigiram-se diretamente para o ferimento, sem chances de pegar a sua própria arma para se defender.

Coloquei a pistola na cintura e manquitolei o mais rápido que pude até encontrar um táxi. Solicitei um endereço próximo da minha casa. Quando o motorista parou, paguei o suficiente para compensar o cheiro de podre que deixara no banco do carona. Saltei do veículo e, assim que ele sumiu de vista, rumei até a minha residência que ficava na quadra ao lado.

A primeira coisa que fiz quando cheguei foi tomar uns comprimidos para amenizar a dor. Depois tomei um banho para tentar me livrar daquele cheiro que impregnava minha pele e meus cabelos. Não consegui dormir naquela noite. Liguei para um amigo. Um médico em início de carreira. Contei parte da história, sem entrar nos detalhes sórdidos. Quase implorei para que ele viesse quando insistiu que eu deveria chamar uma ambulância. Eu não podia aceitar. Isso seria um verdadeiro risco para mim. Qualquer descuido da minha parte faria com que a polícia me encontrasse. Certamente, a lei já estaria mobilizada para encontrar o criminoso que baleara o guarda-costas do político influente.

Meu amigo chegou cedo da manhã trazendo remédios mais fortes para a dor, uma muleta e material para realizar curativos. Ele não fez perguntas. Ajudou-me sem pressionar. Ao final daquela consulta particular, o pé direito repousava dentro de um gesso e as costelas envoltas por bandagens. Depois que ele saiu, finalmente, liguei para meu atual chefe. Conheci Dentes de Ouro na boate Toca do Inferno. Uma boca braba da capital.

Meu contratante é um negro magro e alto, influente, possui bons contatos, boa pinta, veste-se bem, em resumo, um sujeito respeitado no círculo social em que frequenta. Algumas vezes, já escutei ele cantar uns blues no inferninho depois de tomar umas e outras. Sempre me disse que gostaria de ter nascido no Mississipi, lá sim valorizam a boa música. Ofereceu-me uma grana interessante para fotografar o casal de amantes. Não tive como recusar. Provavelmente, ele próprio tinha sido contratado por alguém para realizar o serviço. Eu ainda não sabia quem era esse alguém. E, talvez, nunca viesse a saber. Para falar a verdade,

agora, isso era o que menos importava. Precisava entregar as fotografias para que ele me pagasse.

Sentia-me um pouco mais inteiro naquele momento. Tomei coragem e decidi verificar se a máquina fotográfica não sofrera alguma avaria com a queda. Aparentemente, estava intacta. Conectei o aparelho ao computador e descarreguei as fotos. Perfeitas. Tudo em ordem. Imprimi todas as imagens para entregá-las naquela mesma noite.

Liguei para o Dentes de Ouro avisando que levaria a encomenda por volta das vinte horas. Próximo do horário combinado, chamei um táxi. Tive dificuldades para lidar com a muleta, mas, mesmo assim, era melhor do que apoiar meu pé machucado no chão. Quando entrei no táxi, solicitei que nos levasse para um lugarejo que não é muito bem-visto pela sociedade Porto-Alegrense, lá vendem drogas e rolam tiroteios pelo controle do tráfico. Perto de chegar ao destino, subimos uma rua estreita e sem asfalto. Paramos em frente a uma casa de alvenaria. Antes de descer do veículo, coloquei uma nota de cinquenta na mão do motorista para que me aguardasse. O sujeito não parecia muito à vontade naquela vila, mas decidiu esperar. Ganhar uns trocados a mais sem precisar gastar gasolina, com certeza, era uma vantagem para ele.

Uma cerca velha, com pintura desgastada e meio caída, limitava o início do terreno. Por uma portinhola desengonçada, adentrei nos domínios do meu contratante. Pisei por um caminho de lajotas quebradas e dispostas de forma desorganizada. Bati com o nó do dedo indicador na madeira apodrecida pela umidade.

Uma joia negra abriu a porta. Senti o cheiro de erva escapar do casebre.

— Você é o fotógrafo?

— Sim.

— Não faça o babá esperar. Entre.

Fiz o que a mulher mandou. Ela fechou a porta.

— Acompanhe-me.

Eu a segui. Passamos por uma sala ampla com ícones de santos em um altar, atabaques e cadeiras empilhadas em um canto. Entramos por outra porta que levava por um corredor estreito e atingimos a cozinha. No fogão, havia uma panela de ferro preparando uma feijoada. Deu-me água na boca, assim como a minha acompanhante.

Ela abriu uma cortina de pano que levava a outro corredor.

— Eu fico aqui. Siga em frente e abra a próxima porta. Não precisa bater. O rei babá o aguarda.

Andei pelo estreito corredor. Nas paredes, estavam dispostas estantes de madeira repletas de revistas e livros velhos. Como meus passos não eram rápidos devido a dor que ainda sentia e o uso inexperiente da muleta, tive tempo de ler a lombada de alguns tomos. Todos me pareceram bem arrepiantes: *O ritual do Vodu*, *Magia negra para principiantes*, *O Livro negro de São Cipriano*, *Criaturas Mágicas*, *Invocações do sétimo círculo* e outras coisas bizarras. Não tive dúvida de que a inquisição, se ainda fosse ativa, alimentaria uma bela fogueira com aquele material não cristão.

Ao chegar ao final do corredor, havia uma porta semiaberta. Enquanto eu a empurrava, escutei a voz do Dentes de Ouro.

— Entre, Maninho!

O recinto estava quase na penumbra total. Dentes de Ouro me esperava em uma bela cadeira de vime entrelaçado. Feito um

rei, como a mulher já dissera, acomodava-se em uma imponente almofada vermelha, bordada com fios dourados. De cada lado do trono, estavam posicionados pedestais que continham grossas velas negras acesas. Eram as únicas fontes de luz e exalavam um cheiro forte.

— Sente-se! — sugeriu com gentileza, apontando um lugar vago à sua frente.

Instalei-me sobre um banquinho de madeira sem encosto. Pelas cadeiras em que sentávamos, dava para perceber a posição hierárquica definida pelo sujeito.

— Trouxe?

— Sim. Mas passei maus bocados para obtê-las. Tive de balear um cara e o outro morreu.

Dentes de Ouro não pareceu impressionado.

— Ossos do ofício. Quem trabalha comigo é protegido. Por isso você está aqui. Já os que querem me atrapalhar acabam tendo destinos obscuros...

— Como assim protegido? Ninguém me protegeu. Eu arrisquei minhas bolas por conta própria e me defendi sozinho.

— Além de curioso, você é descrente, maninho. Talvez algum dia eu te conte quem protege meus cupinchas. Quanto à sua descrença, resolverei esse problema agora mesmo.

Fiquei quieto. Percebi que continuar discutindo não seria uma boa escolha. Aqueles eram os domínios dele.

— Poucos têm a oportunidade de ver meus dons em prática. Hoje estou querendo me exibir. Você tem coração forte? — riu o seu sorriso amarelo de ouro e arrogante de sempre.

Dei de ombros. Imaginei que ele faria alguma mágica de prestidigitador ou algo parecido.

— Passa o material! — exigiu com certa urgência.

De dentro do casaco, peguei o pacote com as fotos e as entreguei nas mãos cheias de anéis de caveiras do Dentes de Ouro. Ele usava uma camiseta de mangas curtas, seus braços eram repletos de tatuagens. Nos punhos, tilintavam pulseiras de níquel e prata. No pescoço, usava colares de contas de diversas cores.

Assim que entreguei o pacote, ele me passou um envelope de papel pardo. Abri para conferir. Estava recheado com o meu pagamento.

Dentes de Ouro olhou foto por foto e selecionou uma delas. Em seguida, levantou-se para pegar algo em uma gaveta de uma escrivaninha que ficava no canto direito do abafado recinto. Ele pegou uma caixinha de fósforos e acendeu mais velas, algumas vermelhas e outras roxas, deixando o local devidamente iluminado para a tarefa que desejava realizar. Só então percebi que o aposento era mais amplo do que eu supunha. Nas estantes da parede à minha esquerda, eu finalmente conseguia definir os objetos esdrúxulos que as ocupavam. Havia ali alguns animais de pequeno porte empalhados, como aves, mamíferos, anfíbios e répteis. Peles de espessuras e cores variadas forravam o chão de madeira, e, pelos cantos, toda espécie de coisas se amontoava. De um ponto ainda obscuro para mim, trouxe uma vasilha de metal, talvez fosse de cobre, com um líquido pastoso e negro ocupando o seu interior. Colocou-a no chão, bem na minha frente, entre as nossas cadeiras, em cima de um pelego de cabrito.

Sentia o ambiente ficando mais pesado. Tive vontade de ir embora, mas não quis causar constrangimento ao anfitrião.

Ele futricou na bagunça e pegou outro objeto.

A princípio, achei que fosse uma flauta. No entanto, havia me enganado. Era um cachimbo entalhado em madeira escura, repleta de símbolos desconhecidos para mim. O rei babá botou fogo em seu conteúdo. Sentou-se na cadeira de vime e começou a tragar a essência daquela erva não catalogada. Baforou algumas vezes e passou o instrumento. Não tive outra escolha, senão pitar o bagulho.

A fumaça impregnava completamente o local. Não estava acostumado a fumar. Tossi algumas vezes, sentindo os pulmões arderem e minha consciência de alguma forma se alterar.

Dentes de Ouro depositou o cachimbo no chão, ao lado do seu trono, e pegou a fotografia que havia selecionado. Percebi que se tratava da imagem com o beijo dos amantes. Era nítida. Perfeita. Qualquer um que já tivesse visto aquele político corrupto no jornal ou na televisão o reconheceria pela foto. O rei babá colocou a folha 24X30 dentro da bacia, mergulhando-a naquela pasta viscosa que parecia petróleo. Enquanto fazia isso, entoava um cântico com palavras que eu desconhecia.

Debaixo da sua pomposa cadeira de vime, pegou uma garrafa de tonalidade carmesim, quase transparente. Segurava-a com a mão esquerda. Com a mão direita, livre, realizava um movimento teatral. Parecia puxar ou arrastar algo invisível e pesado de dentro da bacia. Percebi que ele fazia força mesmo, como se estivesse arrastando algo de verdade e de consistência material. A sua camisa, pelo que pude notar, estava empapada de suor.

Aquela situação ficava cada vez mais estranha. Sentia meus membros dormentes, resultado, talvez, da erva que havíamos fumado. Com a força de vontade abalada, foi difícil me erguer.

Utilizei a muleta para me ajudar naquela tarefa que parecia quase impossível no momento.

O rei babá continuava recitando suas palavras desconexas, mas agora cada vez mais alto, quase aos berros. Foi quando um fogo azulado emanou do líquido enegrecido e pastoso. Como se estivesse vivo, o elemento de tom azul crepitava na bacia. O calor se tornou insuportável. Eu suava aos borbotões, quando consegui me levantar do banquinho de súdito.

Finalmente, minhas pernas começaram a responder ao chamado de urgência que meu cérebro disparava. Eu precisava retomar o controle total sobre os movimentos do corpo. Era hora de abandonar aquele espetáculo bizarro.

Corri como pude até a porta e a abri. Antes de sair, olhei para trás. Talvez fosse ilusão de ótica ou o efeito da droga que o feiticeiro me instigou a usar. O político e a amante foram extraídos da fotografia. Seus fantasmas pairavam horrorizados dentro daquele fogo maldito. O rei babá destampou o gargalo da garrafa e ordenou que ocupassem sua nova moradia. Os dois espíritos foram sugados para dentro do recipiente. Em seguida, Dentes de Ouro tampou o vasilhame com uma rolha de cortiça.

Antes de sair da sala, pude ver através do vidro semitransparente o olhar de incredulidade e súplica das duas almas roubadas. Enquanto atravessava o corredor dos livros, escutei o contentamento do rei babá em uma sonora gargalhada. Feito um rato acuado, medroso e coxo, deixei a casa. A joia de ébano, companheira do Dentes de Ouro, ao me ver naquele passo apressado e trôpego, apenas se limitou a rir da minha fuga.

Por sorte, o taxista continuava me esperando. Ainda bem que ele não havia me abandonado. Mesmo com tudo o que acontecera, eu vinha abraçado ao meu pacote de dinheiro. Isso me daria alguma autonomia durante as próximas semanas.

No dia seguinte, depois de uma madrugada recheada de pesadelos, pensei que minha experiência sobrenatural da noite anterior fosse apenas alucinação causada pela erva que o feiticeiro me oferecera. Mas não há nada pior que a dúvida. Quando li o jornal no final da tarde, uma das principais notícias era o falecimento do político que eu fotografara. Dizia na matéria que o sujeito, de índole honesta e indubitável, falecera devido a complicações cardíacas enquanto dormia em seu leito ao lado da esposa.

Depositei o jornal em cima da mesa. Sentia-me um pouco desnorteado com aquela informação. O meu celular tocou. Era Dentes de Ouro. Seria um novo trabalho? Desliguei o aparelho, enquanto tivesse uma grana tentaria evitá-lo.

ABISMOS INSONDÁVEIS

1. LOJA

Não gosto dessas coisas esotéricas: livros de autoajuda, tarô, incensos, búzios e o diabo a quatro. No entanto, nunca fui de negar serviço. A minha contratante informou o endereço e me chamou para acertar os detalhes da investigação. Um cheiro de erva-doce recendia na saleta abarrotada de bugigangas, algumas valiam um e noventa e nove, outras custavam absurdamente caro. Uma mulher estava atrás de um balcão lendo um livro. Ao escutar minha aproximação levantou a cabeça e perguntou:

— Pois, não?

— Procuro por Juliana Souza. É você?

— Quem procura?

— Fui contratado para um serviço — resolvi dizer logo meu nome ou ficaríamos naquele joguinho estúpido de perguntas sem repostas. — Sou Rafael Malinoski.

— Você costuma dizer seu nome assim tão fácil, investigador?

— Apenas para quem me contrata. O telefone não mudou muito sua voz. Na segunda pergunta que me fez, tive certeza de que você é Juliana.

— Então não precisou deduzir. Apenas tem um bom ouvido.

— Já fui músico — não dei muita importância para aquela provocação.

— Vamos aos negócios, rapaz — Juliana virou em minha direção o *notebook* que estava na bancada para que eu pudesse ver a tela. As dezenas de pulseiras que ela usava tilintaram num barulhinho irritante. Não era uma mulher bonita. Para piorar, cosméticos empapavam seu rosto tentando esconder as inúmeras rugas.

Estávamos a sós na loja. Ela levantou e foi até a porta. Em seguida a chaveou.

— Você tem bom ouvido. É necessário que tenha também memória fotográfica para não ser enganado. Depois que observar com atenção, vou deletar a imagem.

Tratava-se de uma fotografia em preto e branco. Baixa definição. Não pude identificar de qual ano ou década. Podia ser até mesmo do final do século XIX. Havia um objeto dentro de uma caixa de vidro. Uma joia pendurada junto a uma corrente.

— Viu o suficiente? — ela perguntou com impaciência.

— Sim. É um berloque. O pingente é um olho rodeado por tentáculos pelo que pude compreender da imagem. A corrente talvez seja de prata — pensei que tipo de valor podia ter aquilo. Como obra de arte, não parecia valer muito. Mas quem sabe para um charlatão vender em sua loja de quinquilharias, talvez rendesse algum trocado.

— O olho é feito de uma pedra especial. O restante de um metal raro. Você é capaz de reconhecer quando encontrá-lo?

— Sem dúvida. Como foi que sumiu?

— Eu nunca cheguei a tocar na peça. Comprei pela Internet. Quando recebi o pacote pelo correio, em vez do colar, havia somente uma pedra sem valor enrolada em papel para dar peso. Nada mais.

— Provavelmente o vendedor a enganou. É comum. Um advogado resolveria a questão melhor do que eu.

— O colar veio dos Estados Unidos, por navio. Trata-se de uma peça de grande valor. Suspeito que a tenham roubado. Muita gente gostaria de colocar as mãos nessa encomenda — sua voz ficou aguda demonstrando indignação.

— Melhor seria entrar em contato com o correio e fazer queixa dizendo que violaram o pacote.

— Inútil. Seria perda de tempo. Tenho algumas ideias de quem pode ser o ladrãozinho. No entanto, não posso recuperar o objeto sozinha. Preciso de alguém para me ajudar. Qual o seu preço?

— Conforme conversamos por telefone, cobro por dia meus honorários, gasolina e, se for necessário sair da cidade, estadia. Se houver risco, qualquer coisa que coloque minha integridade física em jogo, é o dobro.

— Que absurdo!

— É pegar ou largar.

— Posso contratar outro.

— Por essas bandas você apenas encontrará detetives de araque acostumados a fotografar beijos de amantes. Sou o melhor.

— Pago quando você me entregar o colar.

— Só inicio a busca com três dias de pagamento adiantado.

— Mercenário! — a mulher voltou até o balcão e começou a preencher um cheque.

— Dinheiro vivo — eu disse.

— Não abusa! — continuou a preencher o cheque. Eu aceitei colocando-o na carteira.

— Combinei que você se encontraria com um dos meus contatos hoje à noite neste bar — ela me entregou um papel com três endereços e três nomes escritos.

Um dos endereços reconheci de imediato. Tratava-se de um inferninho na avenida Farrapos:

— Um puteiro. Quem é Brandão?

— Um estivador. Ele trabalha no cais do porto. Conhece muita gente e ouve muitas histórias. Disse-me que tinha algo para me contar. Você vai encontrá-lo no meu lugar. Uma mulher de família como eu não frequenta esse tipo de ambiente chulo.

— E o segundo nome?

— É de uma cliente. Uma artista plástica em decadência. Faz alguns dias que ela parou de vir aqui. Toda semana comprava livros e incensos. Tinha um interesse cada vez maior pela história dos antigos.

— Antigos? Você se refere aos gregos e romanos?

— Não importa para você. Apenas a investigue se não tiver informação melhor com o Brandão. Não duvido que a pintora possa ter algum envolvimento com esse furto. E, antes que pergunte, o terceiro nome é do meu concorrente. Um sujeito novo e ávido por me desbancar. Ele acha que pode ser melhor do que eu. Agora vá, sua hora é cara demais para que perca tempo por aqui! — a mulher começou a me empurrar para fora da loja.

Antes que eu saísse me fez um alerta:

— Lembre bem: caso te descubram durante a investigação, não cite o meu nome. Se fizer isso, prometo que cortarei sua língua! — eu sorri, mas ela manteve-se séria, uma carranca de meter medo.

Ainda tive tempo de perguntar:

— Como reconhecerei o Brandão?

— Ele é negro e tem uma tatuagem do Pernalonga no braço.

2. BORDEL

O segurança não me revistou. Eu conhecia o Arturzinho há algum tempo. Para saber qualquer coisa que acontecia naquele randevu, bastava lhe entregar um charuto cubano como pagamento. Entrei. Naquela noite não tinham muitos clientes e poucas garotas circulavam entre as mesas. Era uma terça-feira. Uma ruiva só de calcinha branca executava movimentos graciosos no *pole dance*. Encostei-me no balcão e pedi uma vodka sem gelo para o *barman*. Observei o local procurando por alguém que pudesse ser o Brandão. Um homem negro, bem vestido, conversava com uma garota. Era magro e com poucas chances de ser um estivador, mais lembrava um advogado, barba feita, alinhado e com uma pasta de couro aos pés da sua cadeira.

Tomei a vodka em um só gole. A primeira dose precisava descer rápido.

— Querendo companhia, Tigrão? — uma morena de voz aveludada se aproximou falando em meu ouvido. A música mecânica estava alta.

— Agora estou em serviço, meu bem! — respondi. — Talvez mais tarde! — dei um tapinha na bunda da piranha.

— Você não sabe o que está perdendo — saiu rebolando em busca de outro pato.

Deve ter sido enquanto conversava com a morena que chegou outro negro e pediu uma cerveja no balcão. O sujeito porrada, cheio de anabolizante, tinha a tal tatuagem no braço esquerdo. Para quebrar o gelo, perguntei:

— Você costumava ver o Pernalonga?

— Se liga, velhinho! Eu gosto de mulher — disse Brandão emborcando a cerveja.

— Calma, cara — amenizei. — Foi a Maga Patalógica que me mandou. Parece que você tem algo importante pra nos dizer.

— Acho a bruxa mais parecida com a Madame Mim — Brandão sorriu. Serviu mais um pouco de cerveja no copo. — Ela me perguntou se eu não sabia de algum furto no cais. Me informou que tinha sido roubada uma de suas mercadorias: um amuleto esquisito, com tentáculos de polvo esculpidos em torno de um olho de pedra. Não sou nenhum doutor, mas fui pesquisar minhas fontes. Fiquei sabendo, por uns *brothers* meus, que arrebentaram o cadeado de um contêiner essa semana. Só tinha coisa dos *Estates*. Mas disseram que não sumiu nada. Tava tudo em ordem. A bandidagem deve ter fugido antes de conseguir assaltar os importados.

Pedi mais uma vodka. Percebi que a porta do inferninho fora aberta trazendo a iluminação da rua para o ambiente interno. Entraram três sujeitos, vestiam quepes do Popeye, como se estivessem prontos para o carnaval, camisetas brancas e calças jeans. Eles nos encararam e foram sentar numa mesa oposta ao local onde estávamos.

— Dá um bizu naquela laia, velhinho! Esses maluco tão na minha cola. Já vi eles antes lá no cais e hoje, no final da tarde, no Mercado Público.

— Pode ser coincidência — não quis admitir, mas achei que ele tinha razão, tanto pelo modo como nos encararam, como pelo fato de o Brandão já tê-los visto outras vezes durante o dia.

— Bom, acho que já vou indo — tomei a outra dose de vodka que o *barman* alcançara. — A propósito, a informação que você tinha pouco me ajudou. Por que não contou isso por telefone para a Madame?

— Por telefone ela não me paga.

— Da próxima vez, convida a Maga pra ir num shopping beber um café de gente fina. Ela vai aceitar — tirei uns trocados do bolso para pagar a minha bebida.

— Não vendo minhas informações por um café, velhinho! Prefiro que ela me pague um programa. Até onde sei essa casa é dela.

Demorei para assimilar aquela informação. Minha cliente podia até ser uma charlatã, leitora de tarô, búzios e o raio que a parta, mas não tinha jeito de cafetina.

— Você está enganado — foi minha resposta convicta. — Até mais, tenho outros compromissos — despedi-me.

— O que é que há, velhinho? Não vá tão rápido — ele me segurou o cotovelo. — Pode deixar uma grana aqui na minha mão. Toda informação tem seu preço.

Gostaria de ter dado uma carraspana naquele cara. Mas seu tamanho me impediu. Então, não perdi a compostura. Abri

a carteira e deixei uma nota de cem para ele. O sujeito abriu um sorriso. Eu colocaria na conta da Maga aquele prejuízo. Deixei o estabelecimento.

Havia estacionado meu Chevrolet anos noventa numa quadra adjacente. Quando achei que mais nada poderia acontecer naquela noite, alguns metros depois de dobrar a esquina, escuto passos rápidos vindo atrás de mim. A rua em que deixara o carro era bem menos iluminada que a do bordel. Peguei a chave e olhei para trás. Dois Popeyes me seguiam. Um deles chamou:

— Peraí, meu chapa! Queremos trocar um lero contigo. É na paz.

Os dois se aproximavam de forma ameaçadora.

— Tô sem tempo — continuei rapidamente na direção do carro.

Um deles me pegou pelo ombro obrigando-me a encará-los.

— Qual é o seu negócio com o estivador?

— Não amola! — empurrei o sujeito. Ainda tinha esperança de chegar até o veículo e dar o fora. Mas ele não me perdoou pela atitude. Levei um rabo de arraia que me acertou o tornozelo. Desequilibrei-me, cheguei a tocar o chão com a mão esquerda, o que evitou minha queda. Em seguida, consegui me recompor ficando de pé e com a guarda levantada.

— Deixa de ser arisco, mano — o outro falou e logo emendou um soco de direita tentando me acertar o rosto. Defendi com a esquerda e arremeti com vigor a outra mão na direção do queixo do marinheiro. Pude escutar os dentes se batendo uns contra os outros.

Brigar contra dois não é nada fácil. Enquanto eu acertava o segundo, o primeiro, logo em seguida, enviava-me um soco na têmpora. Cambaleei. Consegui evitar um novo golpe. Percebi que logo estaria perdendo aquele jogo. Revidei. Mas não encaixei o soco. O segundo Popeye, quando se recuperou da minha pancada, deu-me uma voadora no peito. Fui pra lona. Quando percebi, um deles estava agachado me segurando pela gola da camisa.

— Abre o bico. O que foi que o estivador falou? — o sujeito fedia a peixe morto.

— Solta ele — escutei o outro dizer. — Os porco tão na área.

Quando o Popeye se virou para averiguar o que o companheiro dizia, pude ver algo que me deixou de olhos arregalados. Em seu pescoço havia três aberturas horizontais. Podia apostar que se tratavam de verdadeiras guelras. Elas se mexiam de maneira constante e compassada. Atribuí aquela visão às doses de vodka que eu tinha bebido.

O sujeito soltou minha camisa. Eles se mandaram dali antes que dois brigadianos me vissem estirado no chão. Levantei espanando a sujeira que ficara em minha roupa após a queda na calçada. Os guardas perguntaram o que havia acontecido comigo. Eu simplesmente disse que bebera demais. Quando eles se afastaram, entrei no carro e fui para casa. Precisava aproveitar o que restava da madrugada para dormir. Quando amanhecesse, eu deveria estar de pé para continuar minha empreitada.

3. ATELIER

Estacionei quase em frente à casa da artista plástica. Todas as janelas que pude enxergar estavam fechadas. Permaneci algumas

horas no carro apenas observando se a mulher daria as caras ou se receberia alguma visita. Nada. Foi no final da tarde que decidi tocar a campainha. Toquei muitas vezes de maneira insistente. Até que a porta foi aberta por uma mulher de meia-idade. Seus cabelos eram curtos, a pele bem branca, mãos delicadas e sujas de tintas coloridas, olhos castanhos, sem dúvida, vivenciando algum tipo de torpor, boca carnuda e seios pequenos escondidos por um camisão preto que ia até os joelhos de uma perna magra. Os pés estavam descalços e encardidos.

— O que você quer? — ela me perguntou depois de me encarar durante alguns segundos.

— Quero ver os seus quadros. Ouvi dizer que são muito bons. Tenho interesse em comprar.

— Volte outro dia. Hoje não posso atendê-lo — ela foi fechando a porta.

— Espere — eu não deixei que ela completasse a ação. Fiquei no vão entre a porta e o marco.

— Você é surdo? Cai fora! — disse sem muita força na voz. Parecia dopada.

Tive tempo de olhar para dentro da casa e ver pintado na parede o pingente que eu procurava. O olho envolto por tentáculos me encarava numa miríade de cores vivas.

— Não moro em Porto Alegre — argumentei. — Nem terei oportunidade de voltar. Sua obra é magnífica. Eu colocaria sua parede pintada em um museu, se me permitisse — apontei para a figura bizarra.

Por um momento, ela não disse nada. Era como se estivesse lembrando alguma coisa, procurando pelas palavras adequadas.

— Sabe que levaram as paredes da casa do Goya para o Museu do Prado? — aquela pergunta significava que eu conseguira a atenção dela.

— Claro que sei — menti com descaramento. — Deixe-me avaliar o seu trabalho.

Ela abriu a porta permitindo que eu entrasse. Os olhos da mulher não pareciam vivenciar a realidade à nossa volta. Depois que entrei, ela fechou a porta. Ficamos no escuro. Sugeri que acendesse a luz. Ela disse que não, pois preferia o breu.

— Como poderei admirar o seu trabalho? — perguntei. Pude perceber que as outras paredes também estavam pintadas.

— Você precisa disso – ela foi até uma mesinha de canto na qual repousavam potes de tintas. — Coloque debaixo da língua — entregou-me um pedaço pequeno de papel colorido.

— O que é?

— Faça o que eu digo.

Fiz como ela disse. Entendi naquele mesmo momento que era uma droga. Possivelmente algo lisérgico. Obter a confiança dela me ajudaria.

— Agora aproveite — dizendo isso, ela colocou o outro pedaço debaixo da própria língua. Depois, sentou em cima de uma almofada e ficou admirando a pintura com o olho guarnecido por tentáculos.

Resolvi olhar mais de perto as outras pinturas. Talvez fosse o efeito da coisa que eu ingerira, não sei dizer, mas o fato é que comecei a enxergar bem melhor, mesmo no escuro daquele *atelier*.

Era complicado compreender com exatidão algumas das figuras que a artista pretendera desenhar nas paredes. Identifiquei

facilmente peixes, moluscos e lagostas estranhas. Mas havia mais naquela fauna. Coisas que eu não saberia descrever, coisas com proporções exageradas e disformes, estrelas e galáxias, olhos famintos e intimidadores, formas geométricas difíceis de serem assimiladas pela compreensão de cérebros comuns como o meu.

— Afinal, o que significa tudo isso? — perguntei depois de algum tempo, sem saber quantos minutos haviam passado.

— Tentei mostrar um pouco do que vejo nos meus sonhos. São abismos. Abismos cósmicos e oceânicos. Abismos insondáveis. De profundidade infinita e misteriosa. Abrigam criaturas que nossa vã filosofia não consegue explicar ou suportar. Alguns humanos têm o privilégio de conhecer a ponta desses icebergs, mas o preço que pagamos é muito alto. A sanidade começa a nos abandonar. A titânica imensidão é opressora, compreende? — ela se calou, apenas olhava em meus olhos como se aguardando por algum tipo de resposta que eu era incapaz de fornecer.

Sentei em outra almofada ao lado dela. Continuei olhando naqueles olhos vítreos, encharcados de LSD, e depois dei um beijo prolongado na boca doce da pintora. Ela não me afastou. Pelo contrário, aceitou o meu arroubo. Sem me despedir, fui embora apenas no dia seguinte. Minha cabeça estava inchada e dava a impressão de pesar muito mais do que o normal. Antes de sair, fiz uma breve busca na casa para ver se encontrava o colar roubado, mas não havia nada de relevante que pudesse me ajudar. Decidi me encaminhar para o próximo passo da investigação: espionar o empresário rival da minha cliente.

4. FURNAS

Era o terceiro dia de trabalho. Saí do *atelier* e com meu Chevrolet fui direto observar a rotina de Álvaro J. Caetano. Conferira a fotografia do sujeito no *Facebook* posando ao lado de duas loiras siliconadas. Seria fácil reconhecê-lo devido ao seu bigode *démodé*. Assim que ele saísse da loja de bugigangas esotéricas, eu o seguiria como carrapato grudado em pescoço de cusco.

O sol estava se pondo quando Caetano fechou a loja. Ele entrou em um Ford. Antipatizei com o sujeito naquele mesmo instante. Eu o segui de longe, sem perdê-lo de vista. Logo entramos na Castelo Branco, passamos pela Arena do Grêmio e continuamos pela BR-101. Foram quase duas horas de viagem até que ele resolveu ingressar em uma via secundária. Chegamos a Torres por volta das vinte horas. Seria difícil encontrar alguém que não a considerasse a mais bonita cidade do litoral gaúcho, já que as restantes apresentavam sempre as mesmas características entediantes: margens retilíneas, extensas dunas, mar achocolatado, areias tórridas, pesadas e amarelas. Torres se diferencia pelo recorte irregular das praias, pelo rio Mampituba que faz fronteira com o Estado de Santa Catarina, pelos dias em que o mar está verde-claro, pela Ilha dos Lobos que pode ser vista da praia e, especialmente, pelos seus morros e falésias.

Caetano estacionou numa rua em frente à Praia da Cal. Desceu do seu Ford e entrou em um terreno ocupado por um velho casarão de alvenaria de dois pisos. Percebi que a porta estava aberta, pois entrou sem ser atendido ou utilizar uma chave. Havia luzes acesas que se insinuavam tímidas através de

cortinas escuras. Ouvi vozes quando ele chegou. Aguardei. Não demorou muito para eu enxergar mais três pessoas vindo até a casa. Vestiam trajes longos de cor negra e azul-marinho. Fiquei surpreso quando constatei outras pessoas reunindo-se no local. Logo perdi a conta, mais de vinte indivíduos haviam chegado. Mesmo assim, eu não escutava qualquer indício de festa, como algazarra, conversa alta ou música. Pude notar que todos vestiam roupas semelhantes, alguns, a minoria, escondiam o rosto com o auxílio de capuzes. A lua nova não me permitia, de longe, ver bem os rostos daqueles sujeitos. Mas percebi que o grupo era composto tanto de homens quanto de mulheres. Haviam entrado mais de cinquenta pessoas conforme minha contagem despreocupada. Certamente estavam se somando aos indivíduos que já estavam na casa.

Por volta das vinte e duas horas, a trupe saiu para se amontoar na calçada. Deviam ser mais de oitenta. Caetano, junto deles, agora vestia uma túnica de cor arroxeada, diferenciando-se do grupo. Eles começaram a acender tochas. Outras pessoas vieram de ruas paralelas. Decidi sair do meu Chevrolet, meu porto seguro. Peguei meu capote negro, que sempre levava no carro, e o vesti. Era final de inverno, aquilo me protegeria do frio e me deixaria a caráter para participar do evento daquela gente.

Eu me misturei à multidão que devia contar com no mínimo umas duzentas pessoas. Devia ser uma procissão qualquer. Não deram atenção à minha presença. O grupo caminhava ao longo do calçamento. As casas na beira da praia estavam todas com as janelas fechadas. Podíamos apenas escutar o barulho do mar, das sandálias e dos chinelos se arrastando. As pessoas não diziam nada. Apenas seguiam impassíveis seu caminho. Fiz o mesmo.

Porém, não me descuidei. Continuava sem desgrudar o olho do meu alvo.

Depois de alguns minutos, chegamos até o Morro das Furnas onde havia um trajeto de pedra, uma escadaria construída ao longo da formação rochosa. O avanço tornou-se bem mais lento. Não mais do que três pessoas podiam permanecer lado a lado. À minha direita, ficava o paredão. À esquerda, o mar pronto para tragar alguém menos atento. As pedras na base do caminho estavam escorregadias. Um morador quase caiu ao perder o equilíbrio. Por sorte, a pessoa ao seu lado o segurou pela manga da roupa impedindo que caísse nas águas, certamente, geladas e salpicadas de pedras naquele trecho. Não percebi comoção alguma dos outros. Apenas continuamos nossa estranha marcha.

Seguimos por um caminho mais escuro. A fila teve de ser afunilada. Passavam somente uma pessoa por vez no trajeto de pedra. Primeiro subimos uma escadaria, depois descemos até ficar quase ao nível do mar. Vi os que estavam à minha frente sumirem. Continuei até que entrei em um buraco estreito feito na falésia. Era um novo caminho, ao longo das paredes haviam sido colocadas as tochas. Finalmente, saímos em um salão aberto no coração do morro. As tochas restantes foram acomodadas em suportes nas paredes daquele espaço amplo.

No chão, tinham aplicado um piso de granito amarelo que deixava o ambiente mais claro. Sobre o piso úmido e escorregadio, havia algumas algas, conchas e até mesmo alguns peixes mortos espalhados, o que dava um cheiro desagradável ao lugar. No fundo do salão, via-se uma escultura de pedra verde com quase três metros de altura. Difícil entender o que representava. Parecia um homem, magro, alto, com braços compridos e mãos com

garras, estava nu revelando um sexo bizarro. Lembrando as aulas de biologia, nas quais eu tinha muito interesse durante a adolescência, o órgão sexual se assemelhava ao de uma planta, um estame formado por antera grossa terminada em filete. A cabeça era monstruosa, crânio que lembrava um cone irregular, dois olhos esbugalhados, a boca quase imperceptível repleta de barbatanas, orelhas minúsculas e pequenas asas atrofiadas de pterodáctilo. Diante da coisa inanimada, repousava a água do mar num buraco em forma de elipse.

Tentei dissimular minha preocupação. Naquele momento, percebi que havia caído bem no centro de um culto desconhecido. Que imprudência da minha parte. Nunca imaginei que algo daquela magnitude pudesse acontecer num país cristão e civilizado. Àquela altura, eu já tinha perdido de vista meu alvo: J. Caetano. Quando todos entraram, um sujeito se destacou entre o grupo colocando-se ao lado da estátua. Ele era mirrado, corcunda e tinha os movimentos lerdos. Vociferou uma palavra que soava mais ou menos assim: Catulu. Nesse instante, todos começaram a cantarolar vocábulos estranhos nem um pouco próximos do português. O indivíduo era um dos poucos que usava capuz. Quando o baixou, senti náuseas. Seu rosto era uma verdadeira anomalia com escamas cinzentas, olhos redondos, boca reta e sem lábios, apenas dois orifícios onde deveria estar o nariz e guelras pulsantes no pescoço.

Tive de me controlar para não desmaiar. Precisava sair dali o quanto antes. Olhei uma última vez para o homem-peixe. Ele mergulhou dentro do buraco em forma de elipse, sendo tragado pelo mar. Os fanáticos urraram de satisfação e regozijo. Eram muitos à minha frente. Representavam um muro intransponível até a saída, mesmo assim, eu precisava tentar. Cambaleando, comecei a empurrar qualquer um que estivesse impedindo minha passagem, até que esbarrei em um conhecido que me delatou.

— Olha só quem está por aqui! O mano arisco — disse um dos Popeyes. O marinheiro me acertou um soco na face esquerda. Não tive reação. Acabei caindo. Antes que pudesse me levantar, senti o peso dos outros cultistas sobre mim. Levei mais pancadas até perder os sentidos.

5. EM UM QUARTO QUALQUER

No espaço infinito não existe som. Para qualquer lado que eu olhasse, via um emaranhado de estrelas. Em determinado quadrante, vislumbrei uma nebulosa repleta de poeira cósmica prateada, estrelas vermelhas e amarelas. Naquele lugar, o tempo parecia não existir. Somente a paz dominada pelo silêncio, o vácuo e o contraste da luz contra a escuridão eterna. Era impossível dizer há quanto tempo eu estava vagando, perdido, sozinho na imensidão, naquele abismo. Senti-me apenas espírito, incapaz de perceber o peso da minha própria matéria.

Percebi que algo se destacava, com rapidez incalculável, proveniente do emaranhado de estrelas que ocupava a nebulosa diante do meu campo de visão. Impossível descrever com a nossa percepção humana primitiva o que se aproximava. Fiquei horrorizado. Passou por mim gelando minha alma.

Minhas pálpebras pesadas se abriram. Um grito de pavor despontou engasgado, pois minhas cordas vocais estavam sem forças. Pouca luminosidade entrava no local em que eu me encontrava. Aquele abismo estelar e aquela coisa sem nome não

passavam de um pesadelo, foi o que decidi afirmar para minha consciência abalada. Sentia meu coração palpitar com força, querendo saltar do peito. Conforme meus olhos começaram a se acostumar com a luz, entendi que estava deitado em uma cama de um quarto desconhecido. À minha esquerda, ficava uma janela, entreaberta, pude ver o mar. Calculei estar no segundo piso de uma casa. Na parede da frente, apenas um quadro velho ilustrado com o Morro da Guarita, em Torres. Abaixo da pintura, um móvel, provavelmente uma escrivaninha antiga, algo produzido antes dos anos cinquenta. Quis levantar, mas não consegui, meu corpo estava dolorido. Comecei a me recordar das minhas últimas experiências... o salão... a estátua monstruosa... a criatura que mergulhara nas entranhas do mar... e as pancadas sem dó nem piedade que eu sofrera. Só então, senti uma fincada em meu braço esquerdo quando me movimentei. Era uma agulha grossa enfiada na veia. Por ela subia um cano de plástico transparente, pelo qual descia sangue proveniente de um tubo plástico acoplado em uma haste de metal.

— O que está acontecendo? — perguntei tentando berrar, mas tudo o que ouvi foi minha voz em murmúrio. Minha garganta estava seca. Era difícil dizer quanto tempo eu tinha permanecido sobre aquela cama de lençóis fedorentos e imundos.

A porta que ficava à minha direita foi aberta como se alguém tivesse percebido meu despertar. Era um homem. Logo o reconheci: Álvaro J. Caetano. Ao menos minha memória ainda funcionava bem, já que o corpo parecia em estado deplorável. Em seu pescoço, ele utilizava o berloque que minha contratante desejava encontrar. Ele percebeu meus olhos direcionados para a peça.

— Foi por isso que você veio até nós, não é mesmo? — ele segurou o objeto entre os dedos.

Estava pronto para negar. Mas ele me impediu com um gesto.

— Não se canse em justificar sua imprudência. Sou esperto o bastante para entender que você foi mandado por Juliana.

O maldito colar não me interessava mais nem um pouco.

— Por que tenho essa agulha em meu braço? —apressei-me em perguntar. Isso realmente estava me deixando preocupado.

— Isto é a garantia de um acordo.

— Como assim? Não entendo.

— Evitei que você fosse massacrado pelos neófitos. Eles ainda são jovens. Não conseguem perceber alguém com potencial — fiquei escutando sem saber onde ele queria chegar. — Um dos nossos, um marinheiro, me disse que você andou conversando com um estivador, informante da Juliana. Ele e seus camaradas descobriram, depois de uma conversa, um tanto tumultuada, com o sujeito, que você e Juliana procuravam por um dos amuletos de Cthulhu roubado de um contêiner no cais. Por sorte, após o encontro amigável entre você e meus subordinados — percebi que Caetano gostava de ser irônico —, na manhã seguinte, fui informado por meio de um contato que se tratava de um roubo especializado. Feito por uma equipe que rouba objetos raros e obras de arte. Lamento por não ter conseguido chegar antes ao amuleto, pois tive de desembolsar uma grana alta para comprá-lo. Paciência! Eis que me vê aqui, agora, com esta raridade em mãos.

— E, quanto ao sangue que está correndo nas minhas veias. Pode me dizer algo sobre isso? Não tenho mais interesse nessa coisa que você usa.

— Cuidado com a língua! — ele me repreendeu como se eu não soubesse o erro que estava cometendo. — Saiba que o pingente nos ajudará quando Cthulhu acordar. Permitirá que possamos servi-lo. A pedra no centro do amuleto veio do espaço junto com Ele. Essa será uma prova cabal da nossa adoração e submissão. Nós o exaltamos mais do que qualquer outra seita rival. Assim, ele nos encherá de benesses. Os outros serão somente escravos ou alimento para as suas entranhas esfomeadas.

Tentei me levantar da cama, mas não conseguia. Meu corpo não obedecia à minha vontade. Eu estava realmente exausto.

— Descanse. Em breve terá trabalho a fazer — ele disse, quando eu tentara me erguer. — O sangue que estamos concedendo para você é um presente. Quando Cthulhu acordar, poderá cheirar a distância aqueles que são do seu próprio sangue. Mas isso imagino que não seja suficiente, se ele decidir devorar o mundo. Somente a facção que o adorar na plenitude e possuir suas relíquias alienígenas sobreviverá em submissão. Fique conosco e assegure um futuro. Os outros sofrerão como escravos de seus caprichos ou, simplesmente, serão apagados da existência. Seremos a elite, a perfeição de uma nova raça de humanos com genes provenientes do espaço.

— Você acha que o monstro que vi mergulhar no mar, durante aquele culto, é perfeito? — perguntei abismado num ponto em que o horror se mostrava claro e opressivo.

— Daqui a algumas dezenas de anos, quando você for como ele, terá certeza de que não existe maior privilégio.

Fiquei boquiaberto. Sem palavras. Perplexo. Agora entendia o significado daquele sangue invadindo meu corpo.

— Não se assuste, Rafael Malinoski. Seja fiel ao grupo e nada de mal lhe acontecerá. Assim que você estiver melhor fisicamente, tenho tarefa para você. A primeira será se aproximar de Juliana Souza e tentar descobrir onde ela esconde uma relíquia que eu procuro já há bastante tempo. Depois disso... Bem depois disso, ela não terá mais nenhum valor. Você pode escolher como assassiná-la. Assim, a mulherzinha não poderá mais nos perturbar.

Ele levantou e, antes de sair, tirou uma coisa do bolso do casaco que usava.

— Veja. Não gosto de escândalos. Você pode escolher estar entre nós ou isto — colocou sobre a mesinha de canto, ao lado da cama, uma pistola. — Tem somente uma bala. Espero encontrá-lo vivo amanhã de manhã quando eu voltar aqui. Nem pense em me ameaçar com esta arma. Sei ser rancoroso. Tenha bons sonhos, acredito que a essa altura Cthulhu já esteja com você! — escutei quando ele chaveou a porta ao sair.

De imediato, minha mão cansada esgueirou-se até a arma. Demorei para alcançá-la. Em seguida, tremendo, coloquei o cano frio dentro da boca. Fiquei pensando nas possibilidades... Puxar o gatilho ou não.

In: Ascensão de Cthulhu. Porto Alegre: Argonautas Editora, 2014, p. 57-79.

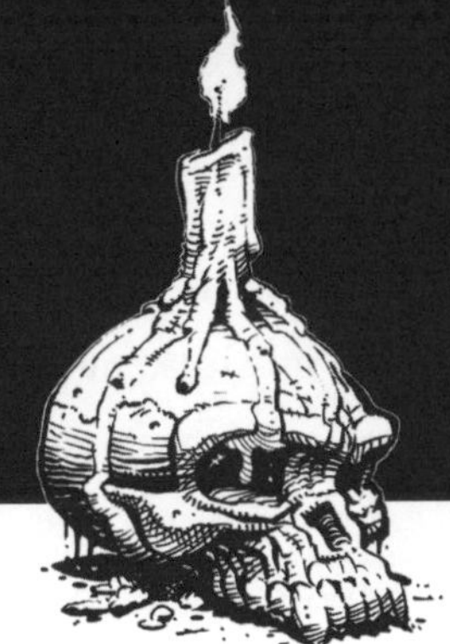

SENHORA DO FOSSO

I. ÂNGELA

Imaginar ou ter tão terríveis pesadelos não se comparava à realidade pela qual eu estava passando. Tudo começou depois que conheci Ângela. Mulher de traços angelicais. Quando nasceu, seus pais devem ter pensado nos mensageiros de Deus. Não me lembro de ter visto mulher tão atraente e cheia de luz. Vibrante como raios celestiais.

Eu a conheci em uma festa. Usava um vestido curto e decotado de um azul escuro, quase preto. Dançava com um casal de amigos, quando seus olhos negros me encararam. Quase caí para trás fulminado por aquele olhar. Sempre fui pouco confiante quando se trata do meu *sex appeal*. Não tinha acreditado no flerte daquela mulher fantástica, de outro mundo, vinda do paraíso.

Como já estava próximo ao balcão, solicitei uma tequila tripla e sem gelo. Emborquei o copo sorvendo o líquido em uma única tragada. Precisava ocultar minha timidez. Impulsionado pela coragem que o álcool me proporcionava, investi na direção de Ângela como um caçador em busca de sua presa. Dançando,

como um arremedo de John Travolta, eu me aproximei dela. Para meu deleite, meus movimentos pouco eróticos foram correspondidos com um sorriso. Fiquei ainda mais perto dela e começamos a dançar juntos, quase nos tocando.

Ângela parecia não se incomodar com os meus passos de flamingo bêbado. Depois de dançar diversas músicas, mais de meia hora, tive coragem de convidá-la para ir até o balcão beber algo comigo. Ela deu um tchauzinho para os amigos que continuaram se divertindo ao ritmo de um som pop.

Perguntei o nome dela, qual era a sua ocupação, apresentei-me, disse o que eu fazia. Ela me encarava com desejo. Quando vi, sua boca já tinha beijado a minha. Ficamos um bom tempo juntos, até que os amigos se aproximaram convidando-a para pegar uma carona. Despedimo-nos com outro beijo, depois que registrou o número do meu celular no aparelho dela.

Durante uma semana, as horas se arrastaram. Nas madrugadas, fui consumido por uma insônia terrível, pois só pensava na beleza rara de Ângela.

Sexta, às dezenove horas, o celular tocou. A voz sedosa e inebriante da minha criatura celestial se manifestou do outro lado do aparelho. Ângela me convidou para visitá-la no sábado à noite. Daria uma festa para os amigos em sua casa. Anotei o endereço e perguntei o que ela faria mais tarde. Falou que deitaria cedo, tinha trabalhado demais durante o dia. Sugeri que, antes de dormir, lembrasse os bons momentos que tínhamos passado juntos no nosso primeiro encontro. Disse-me que pensara em mim todos os dias. Eu acreditei naquelas palavras. Meu sorriso de satisfação devia parecer o sorriso de um menino que está namorando pela primeira vez.

2. MUSAS DE RAPINA

Na noite seguinte, peguei um táxi que me levou até a zona sul. Não tenho carro. O bairro onde Ângela mora é quase exclusivo da alta sociedade porto-alegrense. Quando cheguei ao endereço, encontrei uma mansão. Fiquei surpreso, pois minha garota não demonstrava a arrogância dos muito ricos. Certamente, os fundos da residência ficavam de frente para o Guaíba, um lugar, sem dúvida, privilegiado. Paguei o taxista e desci. Parei em frente ao portão, que tinha um interfone. Toquei. A música que vinha da casa se misturava à algazarra de vozes. Toquei novamente o interfone. Ninguém atendeu. Fiquei impaciente e grudei meu dedo no botão, na esperança de que pudessem me escutar. Esperei. Talvez chegasse outro convidado. Passaram-se dez minutos, vinte minutos, meia hora, uma hora. E eu ali. Frustrado. Para piorar a situação, na minha ânsia de ver Ângela, saí de casa com pressa e acabei por esquecer o celular.

Eu não perderia assim a chance de vê-la. Não daria oportunidade para que outro sujeito a roubasse de mim. Resolvi pular o portão. O buquê de rosas que eu trazia, joguei-o sobre a grade, e as flores suavemente caíram no gramado do pátio. Com dificuldade, escalei o obstáculo, pontas triangulares de ferro atrapalhavam minha mobilidade e equilíbrio. Quando estava para concluir a travessia, a bainha de minha calça enganchou na flecha de ferro, resvalei e caí sentado na grama fofa. Minha calça nova rasgou na perna esquerda e ficou suja. Achei que não aconteceria algo pior. Foi quando ouvi latidos próximos de mim. Um dobermann rosnava ameaçadoramente com os dentes à mostra, observando-me em posição de ataque. Veio em minha

direção, na intenção de me estripar vivo. Saí correndo para a entrada da casa que estava a uns dez metros de distância do portão. Olhei para trás, o cão vinha em meu encalço, soltando fumaça pelas ventas, de língua para fora e babando.

— Hércules! *Stop*!

Eu parei. Congelei ali mesmo. A voz tinha sido estrondosa.

— Venha cá? — o cão passou troteando por mim e foi lamber a mão de sua dona.

Meu rosto corou. A silhueta inconfundível de minha paixão apareceu iluminada pela luz que vinha do interior da casa.

— Ivan! — disse, surpresa. — O que aconteceu com você? Parece que foi atropelado. Sua calça está rasgada.

— Eu... É que o portão... Ninguém abriu e eu pulei — desembuchei as informações com o rosto ruborizado e o suor escorrendo da testa.

Ela chegou perto de mim e me deu uma bicota.

— O que está havendo, Ângela? — surgiu alguém na soleira da porta.

— Não foi nada, Tiago. É só um amigo que veio pra festa, o Ivan.

Ela me pegou pela mão e entramos na casa antes que eu pudesse juntar as flores que trouxera. Velas e incensos iluminavam e perfumavam o ambiente que, estranhamente, tinha um aroma desagradável. A música bate-estaca inundava meus sentidos, não deixando que eu distinguisse o que era aquele cheiro que incomodava o meu olfato.

— Ivan, eu já volto. Fica à vontade. Conversa com o pessoal.

Ângela me abandonou para entrar na roda de um grupo que conversava com o tal Tiago. Ele a segurou no quadril e depois a mordiscou na orelha. Aquela cena me deixou furioso e, ao mesmo tempo, envergonhado. O meu mundinho desabou em poucos segundos, todos os sonhos que eu cultivara em relação à Ângela desabaram. Tive vontade de pegá-la pelo braço e perguntar por que estava me tratando daquele jeito. Por ela, eu quase tinha sido assassinado por um dobermann raivoso. Estava a ponto de cometer uma loucura, para meu espanto, o ciúme se desvaneceu. Uma mulher, tão bonita quanto Ângela colocou a mão delicada sobre o meu ombro e perguntou se eu não queria dançar.

Ela se apresentou. Ofereceu-me uma bebida. Enquanto dançávamos, eu ficava observando Ângela constantemente. Não conseguia disfarçar minha curiosidade. Não se passaram mais do que dez minutos até que Liana me beijasse com fervoroso ardor. Parecia querer desviar minha atenção. Depois do longo beijo, até que eu poderia esquecer Ângela. No entanto, não fui capaz disso, meus olhos perscrutadores a procuraram pelo recinto. Eu a vi levando dois caras pela mão e entrando por uma porta atrás de uma escadaria. Safada! Como eu podia ter ficado apaixonado por ela? Raiva, agora, era tudo o que eu sentia.

Minha vontade era de correr atrás dela e chutar aquela bunda volumosa. Liana percebendo meu ímpeto de seguir Ângela agarrou-me pelo colarinho e roubou-me mais um beijo. Depois que nossas línguas se soltaram, ela continuou me abraçando. Por sobre o ombro dela, eu vi que os outros sujeitos na festa estavam desacordados. Alguns caídos no chão, outros deitados em sofás. Provavelmente, estavam bêbados. Porém, algum tipo de sexto sentido disparou em minha nuca, como se eu fosse um simulacro daquele personagem aracnídeo dos quadrinhos. Algo estava errado.

Quatro mulheres se aproximaram de mim e de Liana. Uma delas, tão linda quanto Ângela, ofereceu-me um cálice. Eu já estava trôpego, um copo a mais ou a menos não faria diferença. Mas eu estava enganado. Fiquei ainda mais grogue e vi o mundo girar, quando sorvi o conteúdo de gosto amargo. Antes que eu perdesse os sentidos, aquelas musas de rapina seguraram meu corpo. Senti o toque quente delas enquanto desabotoavam a minha camisa e beijavam sofregamente meu pescoço e lábios. Tentei permanecer acordado, porém, acabei apagando por completo.

3. FESTIM

Acordei atordoado em um lugar escuro. De imediato, eu me lembrei das mulheres que haviam me dopado. Meu coração disparou. Eu estava de cabeça para baixo, amarrado pelos pés ao teto. Meus punhos também estavam presos por uma corda. Tinha de me acalmar e esperar até que meus olhos se acostumassem com a falta de luminosidade. O silêncio era absoluto. Voltei a identificar o mesmo cheiro de podre que sentira quando chegara à mansão de Ângela. Porém, agora era muito mais intenso, a ponto de quase me fazer vomitar.

Velas bruxuleantes surgiram à esquerda do campo de minha visão. Tentei manter a calma e permanecer em silêncio. As mulheres odiosas que haviam me dopado desciam por uma escadaria desgastada, trazendo em punho castiçais. Todas usavam camisolas transparentes que revelavam suas curvas bem delineadas. Seus olhares pareciam petrificados e hipnotizados por alguma força invisível. Ângela vinha na frente liderando o grupo. Estávamos em um amplo porão. No centro do recinto, havia um fosso no

qual borbulhava um líquido gosmento e amarelado. Ao longo das paredes e no chão, uma tinta vermelha e escura borrava a pedra. Presos, assim como eu, vi outros homens. Jaziam inertes. Talvez não tivessem tanta resistência quanto eu para o álcool ou para o narcótico que, certamente, haviam colocado em nossas bebidas.

Ângela sem perceber que eu estava acordado disse enquanto olhava na direção da cova em formato de círculo:

— Mais uma vez, realizamos o seu desígnio, nossa Senhora! A última remessa de sangue dessa década está sendo entregue para aplacar a sua sede.

O líquido dentro do fosso borbulhou com intensidade, transbordando pelas beiradas. Em seguida, começou a adquirir uma forma repugnante revelando que era uma coisa viva. Elevando-se do buraco, o ser organizou-se em uma estrutura corporal dantesca. No alto da substância líquida, um rosto indefinido delineou-se gerando uma boca irregular e revelando alguns olhos vítreos acima dela. Despontaram braços de polvo daquele pesadelo aquoso e peitos inflados. Quando sua materialização parecia ter se completado, manifestou-se com uma voz roufenha:

— Trouxe o número de que necessito para me satisfazer?

— Sim, minha Senhora! Dez machos para satisfazer sua gula por sangue, carne e sêmen.

— E quanto a nós que a servimos tão prestimosamente? Teremos nossa recompensa? — perguntou Liana.

— Sim. Aproximem-se e bebam diretamente do leite dos meus peitos. O efeito será mais, muito mais permanente do que sorver somente o líquido do fosso. Garanto que durante meio século vocês continuarão belas e jovens. Até que eu precise

novamente de vocês! — a coisa gargalhou evidenciando que era capaz de ser irônica.

Todas as mulheres entraram no fosso desaparecendo até o quadril naquela mistura viscosa. Como filhotes de suíno, amontoaram-se para beber nos peitos gordos daquela aberração. Eu estava paralisado pelo horror.

Depois de lânguidas sorverem aquele presente inumano, deixaram o fosso.

— Senhora, conforme nosso trato, os espécimes masculinos são seus. Devore esses homens e seja ainda mais forte para nos liderar contra esses abjetos.

— Começarei pelos testículos. O sêmen dessas oferendas fertilizarão minhas entranhas.

A coisa ficou ainda maior e, com o apoio dos tentáculos, arrastou-se para fora da sua cova. Com a boca repleta de dentes afiados, arrancou a genitália do homem mais próximo que despertou com a dor inesperada, soltando um grito. Em estado catatônico, minha voz havia desaparecido. Estava a ponto de perder os sentidos mais uma vez.

O monstro banqueteava-se com toda a carne, ossos e vísceras da primeira vítima. Aproveitava tudo. Seu volume corporal aumentava em tamanho. Outros homens acordaram para presenciar o festim. Porém, logo eram silenciados pela voracidade da criatura. Em breve, seria minha vez.

Pude ouvir um estrondo no andar de cima.

— O que foi isso? — perguntou o monstro saindo do frenesi voraz em que se encontrava.

— Meninas, subam para ver o que está acontecendo lá em cima. Peguem as armas. Depressa! — ordenou Ângela.

As mulheres acataram a ordem da líder. Subiram a escadaria correndo.

— Minha Senhora, não há tempo para completar o seu banquete ritualístico agora — alertou sua fiel serva.

O monstro se aproximou de Ângela envolvendo-a. Por um momento, vibrei, pensei que fosse devorá-la ali mesmo. Mas não foi o que aconteceu. Tratava-se apenas de um abraço sobrenatural. A criatura começou a transformar-se. Clonava o corpo de Ângela nos mínimos detalhes em um processo rápido.

Lá em cima, um tiroteio teve início. Pressenti que talvez eu tivesse alguma chance de ser resgatado em tempo, antes de ser dilacerado pela coisa. Naquele momento, rezei como nunca antes. Torci para que os inimigos daquelas feiticeiras metessem uma bala bem no meio da testa de cada uma delas.

Ao lado de Ângela, naquele momento, surgia uma sósia. O excesso de carne que dava ao monstro um volume avantajado desprendeu-se da nova forma. Foi descartado como a argila que é dispensada pelo artesão que esculpe uma obra de arte. O corpo ainda não era perfeito como o da mulher copiada. Continha algumas anomalias, como a falta de dedos nas mãos e nos pés, no lugar deles, havia pequenos tentáculos, a cabeça ainda sem cabelos apresentava caroços de consistência aparentemente mole, a íris dos olhos era negra como carvão, e os peitos não eram dois, mas sim seis pequenos peitos flácidos.

Os olhos da criatura caíram sobre mim. Um instante depois, rolaram bombas de gás lacrimogêneo pela escadaria.

Ângela correu até uma das paredes e a empurrou revelando uma passagem secreta.

— Venha! — gritou para o monstro que agora era o seu clone.

A Senhora do Fosso, antes de fugir, olhou uma vez mais para mim e grunhiu revelando dentes afiados na boca que imitava com perfeição a de Ângela.

Antes de perder os sentidos, devido ao gás, vi a polícia invadir o porão. Apaguei.

4. O MANICÔMIO

Acordei em um hospital. Em meu quarto, havia somente um homem da lei. Ao ver que eu recobrara os sentidos, chamou uma enfermeira. Em estado de choque, não consegui falar nada nas primeiras horas depois de retornar à consciência. Somente no dia seguinte, dois policiais conseguiram coletar meu interrogatório. Contei minha história de maneira desconexa. Para eles, não deve ter feito o menor sentido. Certamente, concluíram que o meu relato tratava-se de uma fantasia. Um devaneio que não conseguiam encaixar as peças. Disseram-me que, nos últimos meses, outros homens haviam desaparecido e que suas investigações acabaram por levar até a residência suntuosa da minha maldita Ângela. Não me informaram muito mais do que isso.

Por conselho médico, fui levado para passar uma temporada em uma casa de repouso sob a supervisão de um psiquiatra. O sujeito, todos os dias, prescrevia uma dosagem de remédios potentes para acalmar meus nervos. Tudo para que eu esquecesse o trauma do dia em que fora sequestrado e, consequentemente, eliminar das minhas lembranças um monstro que diziam ser imaginário. Para os catedráticos, minha mente fértil criara uma ilusão para apagar a brutalidade com que as sequestradoras matavam suas vítimas.

Num dia de surto mais forte, fui amarrado a uma maca e dopado com uma dose que devia apagar até elefante. Quando acordei, ensopado em suor e com os olhos embaçados, vi uma enfermeira em meu quarto. Era noite. Apenas a luz de uma lanterna que ela carregava estava acesa. No canto oposto do recinto, percebi outra figura nas sombras. Vestia uma capa escura provida de um capuz que guarnecia a cabeça. Se eu estivesse no auge das minhas faculdades mentais, diria que uma delas, a enfermeira, só podia ser Ângela. A outra pessoa eu não conseguia identificar, pois escondia o rosto. Porém, eu podia deduzir quem era.

— Ângela? — balbuciei o seu nome de maneira trêmula, covarde e quase sem forças.

As duas se aproximaram da cama. Uma de cada lado.

— Sentiu saudades, Ivan? Minha Senhora precisa de você para completar o ritual. Comporte-se e não faça barulho!

Tentei gritar, mas minha língua ainda entorpecida, devido aos barbitúricos que entupiam minha corrente sanguínea, teimou em não me obedecer.

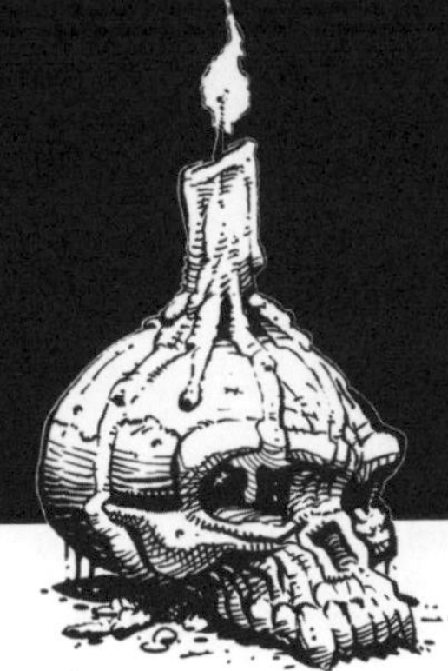

O VAMPIRO CRISTÃO

AO ACORDAR, sua leveza etérea o impulsionou escadaria acima. Tochas ao longo das paredes inflamaram-se como num passe de mágica. Atravessou a porta para em seguida escutar o eco dos próprios passos sobre a pedra desgastada. Preferia caminhar, essa ação tão simples o fazia se lembrar de quando ainda era vivo.

Próximo ao altar, os pavios de velas grossas e brancas acenderam-se em sua presença. A cera derretida acumulava-se no piso depois de escorrer de forma lenta e contínua. Ele havia perdido a noção de quanto tempo permanecera naquele lugar sem sair. Depois de décadas tendo se tornado o que era, havia se desinteressado por contar os dias ou os meses. Percebeu que seu estoque de velas estava acabando. Teria de sair para arranjar mais. Na verdade, não precisava daquela luz para enxergar no escuro. No entanto, sentia-se confortável quando olhava para o movimento calmo daquelas chamas miúdas e as sombras que se formavam nas paredes.

Seus passos eram leves, quase não tocava o chão. Nos pés, calçava uma sandália e, sobre o corpo esquálido, vestia um manto puído com uma corda amarrada na cintura. Abriu a porta que

nunca estava trancada. A lua cheia esbanjava luz de prata sobre o capim selvagem, em alguns pontos, podia-se enxergar lápides. Alguns metros, à sua frente e ao redor da edificação que o protegia, árvores altas. Conforme avançava na direção da floresta, percebeu uma movimentação no topo de uma das lápides. Observou de soslaio, pois não queria mostrar que já tinha percebido a aproximação da coisa.

Invadiu o bosque denso. Não fazia aquele trajeto há algum tempo, mesmo assim, foram tantas as vezes que o percorrera que poderia fazer de olhos fechados. Um barulho de asas, sutil e permanente, seguia-o de perto. Uma hora depois de ter começado a caminhada, chegou do outro lado da fortaleza verde que escondia a igreja. O templo fora construído no final do século XVII. Em meados do XVIII, diversas histórias macabras a seu respeito começaram a se disseminar na região. Isso gerou um gradativo abandono da comunidade à igreja. No início do século XIX, o eixo econômico da região se afastou por completo do ponto onde a edificação fora construída. Com isso, a natureza fez seu trabalho cercando o templo com árvores frondosas. Por outro lado, o vampiro se encarregara de manter o local protegido, deixando as pessoas mais curiosas afastadas de sua morada.

Ao chegar ao limite do bosque, havia um campo aberto. Mais adiante, enxergava luzes de prédios, de casas e de faróis dos automóveis. Escutava, mesmo a grande distância, o barulho de buzinas, motores, e a pulsação sutil, porém constante, da agitação que somente as cidades modernas e industrializadas produziam durante a noite.

Sabia que, em algum momento, a pequenina coisa que o acompanhava soltaria a voz aguda e irritante:

— Não o vi sair daquele templo durante meses. O que foi? É a sede que o aflige?

O sujeito não respondeu. Apenas continuou sua caminhada.

— Por que é tão difícil fazer com que você fale alguma coisa? Nessa solidão absoluta, você enlouquecerá. Já somos amigos há tanto tempo. Sou sua única confidente.

— Não me provoque ou esmago você! — disse ele, sem olhar para a coisa.

— Hi, hi, hi, não seja intempestivo. Você é um dos poucos que gosto de conversar por essas bandas — a criatura em voo se colocou diante dele, mas não ao alcance das mãos.

Era pequenina e esguia, pernas longas, finas, desajeitadas. Media mais ou menos uns dez centímetros de altura. Suas quatro asas, semelhantes às das cigarras, batiam sem parar. O seu vestido era esvoaçante e negro. Calçava botas escuras de cano alto. Nos dedos exibia anéis, as unhas eram garras e a pele enrugada, cinza, como a de uma múmia milenar. Os olhos azuis-escuros vítreos como bolas de gude. O cabelo branco e comprido estava preso por uma tiara de prata.

— Vá embora! Tudo o que eu desejo é paz.

— A paz é só uma ilusão. Ela não existe. Deixe de ser carrancudo. Somos amigos. Encare os fatos. Podemos nos divertir juntos, sabia?

— A que preço? Já tenho muito peso sobre os meus ombros, não preciso ter mais pecados me atormentando a consciência.

— Esqueça a culpa. Não existe mais salvação para você.

— Você está enganada.

— O pecado é somente um conceito cristão.

— E o que você acha que eu sou? Rezo todos os dias para que a minha alma seja salva.

— Pensei que já tinha desistido disso. De acreditar em um Deus que não existe.

— Não blasfeme ou corto sua língua.

— Ai que medo! Não me faça rir. Você sabe que nunca conseguiria me pegar.

— Quantas vezes eu tentei?

— Algumas centenas de vezes. Esqueceu? É a senilidade afetando a sua memória? Hum... é bem verdade que faz bastante tempo que você não tenta.

— Então fique esperta. Vá embora, tenho coisas pra fazer.

— Sugar um pescoço? — perguntou irônica.

— Poderia esvaziar todo o sangue sujo do seu corpo minúsculo em segundos.

— Sangue de fada é uma iguaria que você nunca terá, nem nos seus melhores sonhos.

— Não se preocupe, pois eu não sonho. Quando me tornei vampiro depois do abraço eu sempre mergulho na escuridão quando fecho os olhos.

— Pobre homem, quase me faz chorar! Sempre falando nesse tal abraço.

— Não fosse pelo abraço, eu teria vivido minha vida como uma pessoa comum. Poderia ter morrido quando a morte viesse me levar.

— Então deve agradecer ao sujeito que o abraçou. Pois ainda está aqui para desfrutar da existência. Está vivo e não morto.

— Estou vivo e morto. As duas coisas. Posso sentir que estou vivo quando acordo no início da noite e sei que estou morto quando deito no caixão antes que chegue o dia. Como poderia agradecer ao maldito que me abraçou, que sugou o meu sangue e fez de mim um vampiro?

A criaturinha ficou quieta. Não estava interessada em irritá-lo demais.

— Sou o que sou hoje, pois o vampiro que me amaldiçoou desejava apenas me desafiar. Queria que eu desacreditasse de Deus, que eu perdesse a fé. Mas isso nunca acontecerá. Sou o mais fiel crente das forças de Deus. Sempre fui desde que assumi a batina.

Dizendo isso, o vampiro se calou. Os dois se aproximaram de uma estrada.

— Não me acompanhe ou esmagarei essa sua cabecinha de borboleta!

— Prefiro ficar com você. Estou entediada hoje. Talvez sua companhia me anime um pouco. Minhas madrugadas são solitárias.

— Procure outra companhia.

Ela ficou em silêncio dessa vez e se afastou começando a acompanhá-lo bem de longe.

Na rodovia, os carros vinham em alta velocidade. Mas eram poucos. Essa tarefa simples não exigiu de seus dotes sobrenaturais. Depois de atravessar a estrada, levitou por cima de um charco, não queria molhar ou sujar ainda mais as vestes já puídas pela ação do tempo. Talvez fosse a hora de arranjar um manto novo. Mas gostava daquele. Parecia um monge beneditino com aquela farda.

As sandálias tocaram o asfalto de uma rua sem movimento. Percebeu que estava fraco. Levitar exigira muito do pouco da energia vital que circulava em suas veias quase secas. Os postes apresentavam lâmpadas elétricas de luz amarela e fraca. As habitações mais próximas eram casas de pessoas humildes. Caminhou por entre as vielas pouco iluminadas. Alguns sujeitos que encontrara pelo caminho pareciam voltar do trabalho, outros

se embebedavam no balcão de bares sujos, e prostitutas ofereciam os corpos pouco vestidos na entrada de bordéis. Traficantes encostados em muros de esquina aguardavam clientes para vender drogas em pacotinhos. Em geral, ninguém se preocupava com sua presença, pois os trajes que usava indicavam a sua miséria e a falta de dinheiro nos bolsos. Além disso, os pedestres que passavam muito próximos a ele desviavam, como se pudessem sentir uma espécie de aura pestilenta capaz de gerar repulsa. Dessa maneira, o vampiro transitava sem ser perturbado. A fada o seguia voando bem acima das ruas. Evitava o olhar dos humanos.

O vampiro continuou sua caminhada. Enfim, avistou a igreja do outro lado da praça. Era simples. Nada mais do que um prédio de alvenaria com uma cruz de madeira sobre a porta dupla. Não costumava abrigar em seu interior mais do que vinte fiéis. Mesmo assim, ele nutria respeito pelo prédio. Afinal, qualquer igreja, por mais pobre que fosse, sempre trazia a presença de Deus mais para perto da comunidade. Para ele, além disso, tinha também fins práticos. Sabia que nos fundos do terreno havia um depósito repleto de coisas que, de tempos em tempos, vinha afanar. Não tinha dúvidas de que roubar se tratava de um pecado. No entanto, era um desvio pequeno se comparado com os assassinatos que cometera. Todos foram praticados em momentos de sede incontrolável. Tentava justificar para sua própria consciência que não era um sujeito desalmado ou desajustado. Sempre que estava a ponto de se entregar ao sono pétreo que o invadia antes do amanhecer, rezava uma quantidade razoável de ave-marias e pai-nossos buscando o perdão. Rezar com fé ajudava-o a encarar sua sina desoladora de viver como um maldito imortal, um vampiro sugador de sangue.

Havia um homem com o seu cão sentado na porta da igreja. Os dois pareciam descansar. Subitamente acordaram pressentindo a aproximação do vampiro. O sujeito advertiu:

— Vá embora! Não preciso de outro mendigo por aqui. Essa paróquia é minha. Só minha.

O cão esquálido e de pelos negros se colocou de pé em alerta. Rosnou. Os olhos vermelhos pareciam bolas de fogo e a boca espumava.

— Posso estar vestindo um manto puído, mas não é um trapo para que você me chame de mendigo.

— Mendigo ou não vá embora! Essa área é minha.

— Desculpe! Eu não desejava importuná-lo. Pensei que você estivesse dormindo. Por que não fecha os olhos e esquece que me viu? — baixou o capuz. O vampiro costumava ser eficaz quando utilizava seu poder de persuasão. Porém, por algum motivo que desconhecia, não conseguira convencer o sujeito, que agora o encarava olho no olho.

— Observando-o melhor, consigo enxergar algumas coisas em seu passado. Diga, você é ou não é uma ovelha desgarrada? Posso ver no fundo dos seus olhos os crimes que já cometeu. Por que você resiste ao dom da noite? Os humanos servem apenas para nos divertir.

— Do que você está falando? — perguntou, evidentemente embaraçado.

— Você sabe ao que me refiro! Não se faça de idiota. Quantos pescoços você já dilacerou?

— Quem é você para me fazer acusações? — o vampiro gostaria de poder fulminá-lo com o olhar.

— Por aqui, sou mais antigo do que a sua laia — o mendigo apontou um dedo ameaçador para ele. — Tenha respeito enquanto

fala comigo! — pelo canto da sua boca malcheirosa, escorria uma baba repleta de viscosidade amarela.

— Um demônio! — a fada que acompanhava o vampiro de longe resolveu se aproximar.

— Não se meta em nossa conversa, inseto! — ameaçou o mendigo. — Não sou motivo de diversão — a voz assumia um tom profundo e grave. — Não estamos em um zoológico para que você fique me classificando — agora os globos oculares viravam, ficando brancos como o leite.

— Como bom cristão, eu nunca duvidei da existência de demônios — disse o vampiro com certo asco. — Sabia que mais cedo ou mais tarde encontraria um de vocês.

— Somos muitos. Como poderia duvidar? Cada um de nós faz o serviço que lhe compete, conforme a hierarquia. Alguns humanos, é bem verdade, não precisam de nossa influência para encontrar a perdição, sem dúvida, agem por vontade própria, são capazes de roubar, mentir, assassinar e outras coisas mais sem ter o mínimo contato conosco. Pra falar com sinceridade, eles nos poupam muito trabalho. Porém, muitas vezes, para despertar o mal em alguns, é necessário interferir. Veja esse aqui que me apossei. Era pai de família. Amoroso, honesto e dedicado aos cultos religiosos. Precisou de vários conselhos balbuciados ao pé da orelha para me receber. Um sujeito resistente, tenho de admitir, pois foi um processo de longos anos para ocupá-lo.

— Já é hora de deixá-lo em paz — as palavras do vampiro soaram como uma ordem.

— O que está tentando me sugerir, sanguessuga?

— Não é uma sugestão. Deixe esse corpo agora! É uma ordem!

— Há, há, há, essa é a melhor piada que já escutei em milênios. Cai fora! — ameaçou com a voz cada vez mais bestial e perturbadora.

O vampiro colocou a mão num bolso interno do manto e pegou um livro surrado, velho, carcomido pelo tempo.

— Em nome do Senhor, abandone esse corpo agora — berrou o vampiro.

— Vá se foder! — depois do xingamento, as copas das árvores na praça começaram a balançar e redemoinhos de vento levantaram poeira na calçada onde se encontravam.

O pretenso exorcista abriu a bíblia e começou a ler uma passagem.

— Não seja imbecil. Pare de ler isso! O Deus que você venera não se importa com você ou com qualquer outro — o demônio desdenhou.

— Cale-se! — o vampiro começou a rezar.

— Que ladainha irritante! Você não tem fé! É um vampiro. Uma criatura das trevas — a voz do demônio demonstrava cada vez mais confiança.

— Sua língua é suja e cheia de mentiras, Satã!

— Quem dera eu ser um príncipe como Ele. Sou um lacaio. Faço parte da Legião. Sou apenas um soldado!

— Deixe em paz este espírito, coisa imunda. Vá embora!

— Pega ele! — o demônio deu um tapa na anca do seu cão de guarda.

O animal, ao ouvir o dono, quase instantaneamente, modificou o seu aspecto raquítico e doentio. Em segundos, tornou-se uma coisa de quatro patas monstruosa. O corpo aumentou, pelos grossos e negros se eriçaram, o focinho dilatou projetando uma

boca maior repleta de dentes acavalados e perigosamente afiados, os olhos tornaram-se bolas de fogo e as narinas expulsavam fumaça com cheiro de enxofre. Saltou em direção ao inimigo. Sua bocarra encontrou o braço do adversário em uma mordida precisa. A dor fez com que a mão do exorcista deixasse a bíblia cair longe do seu alcance.

Fazia semanas que o vampiro não bebia. Força era algo que, no momento, estava faltando. Precisou agir rápido, antes que não pudesse suportar o ataque. Sem titubear, cravou os dentes no pescoço duro do animal. As presas longas entraram na pele e o sangue espirrou invadindo a garganta seca. O líquido era azedo, teve vontade de vomitar, mas, mesmo assim, resistiu ao gosto, sentia que a cada gota seu corpo enfraquecido se revitalizava.

— Ele tá escapando! — escutou uma voz esganiçada gritando perto do seu ouvido.

Levantou a cabeça e os olhos, sem tirar os dentes do pescoço do cão que se debatia tentando escapar. Logo a bocarra largou o seu braço. O vampiro, com algumas sucções, já se sentia mais forte. Aquele sangue era diferente de qualquer sangue de outro animal que bebera antes. Finalmente, largou o bicho quando viu o demônio dobrar uma esquina e sumir da sua vista.

— Vai atrás dele! — sugeriu a fada.

O vampiro não discutiu. Com o sangue quente circulando em suas veias, sentia-se renovado e disposto. Correu. Sua velocidade era mais rápida que a de qualquer atleta olímpico naquele instante. Em segundos, chegou ao final da quadra, ainda em tempo de avistar o demônio entrar em uma viela. Continuou a perseguição.

O soldado demoníaco olhou para trás e, ao perceber que não conseguiria fugir do vampiro, parou e, encarando-o, perguntou:

— Por que você não desiste?

— Também sou uma espécie de soldado. Um soldado de Deus!

— Você não vai conseguir me tirar daqui. Vou ficar um bom tempo utilizando esse vaso estragado! Qual o problema com você? Nada mudará sua condição. Você é uma sanguessuga, entende? Outra doença que caminha sobre a face da terra assim como eu. Somos iguais.

— Não. Somos diferentes. Eu sou diferente. Não nos compare.

— Suas preces nunca serão escutadas pelo seu Deus. Portanto, esqueça, nem tente me exorcizar!

— Eu sei que Ele me escuta. Um dia vai me atender. Tenho outras maneiras de tirá-lo daí sem precisar rezar — dizendo isso, pulou no pescoço do homem e começou a sorver de forma frenética o sangue tão ruim quanto o anterior. O demônio praguejou e berrou enquanto teve forças.

Os olhos do vampiro chispavam, seus caninos longos rasgaram a jugular, as mãos de aparência frágil tornaram-se tenazes, impossibilitando o movimento da vítima, uma aura negra emanava sobre as duas criaturas das trevas. Poucos minutos se passaram. O sugador de sangue não deixou uma gota. Sentia-se um verdadeiro animal selvagem. Naquele momento, era uma besta, sem sentimentos, sem razão, apenas instinto.

— Assim é que se faz! — disse a fada. — Já era hora de se alimentar de sangue humano. Chega de misericórdia, não acha? Cada criatura deve traçar o seu destino de acordo com a sua natureza — ela voava um pouco acima do alcance das mãos do vampiro que, naquele momento, nada disse. Ainda estava sentindo o sangue percorrer o corpo e enchê-lo de vida.

Logo falou em um tom amistoso, tentando controlar a selvageria que há pouco o dominara:

— Não se engane. Fiz isso por misericórdia. A alma deste humano está salva da influência daquele maldito demônio. A morte é melhor do que a escravidão!

— Quando acho que você está no caminho certo, começa a falar essas bobagens. O que está fazendo? — o vampiro pegou o corpo nos braços.

— Vou enterrá-lo em campo santo.

— Seja rápido, então. Olhe ao redor.

O vampiro fez o que sugeriu a fada. Num prédio à sua frente, uma pessoa bisbilhotava da janela. O indivíduo tentou se esconder quando ele o viu. Na esquina de onde viera, havia dois sujeitos que presenciaram toda a cena. Saíram correndo ao serem fitados pelo olhar injetado de sangue.

Talvez pudesse alcançar os dois fugitivos e depois dar conta da pessoa no prédio. Sentia-se forte como nunca. Porém, respeitava os filhos de Deus. Não podia eliminá-los a sangue frio. Paciência. Mesmo que o tivessem visto, não saberiam onde encontrá-lo. Colocou o corpo sobre o ombro e começou a correr. Azar que mais pessoas o vissem. Foi tão rápido que, em poucos minutos, já começava a atravessar a autoestrada em direção ao seu lar.

Passou pelo bosque que circundava a sua igreja e, ao chegar ao cemitério, colocou o corpo sobre o capim alto. Deixou-o ali, enquanto a fada observava. Então, foi num depósito onde guardava ferramentas. Pegou uma pá enferrujada com a qual começou a abrir uma cova ao lado de uma lápide.

— Movimentada a noite hoje, hein? — a criaturinha voadora sentou-se sobre a lápide e colocou na boca um cachimbo.

Acendeu em seu interior um fumo que recendia a incenso de cravo e canela.

— Tudo o que eu queria na cidade eram algumas velas e uma bíblia nova — falou enquanto cavava rendendo-se à conversa.

— Hum. Por isso foi até a igreja. Prepare-se, aposto que você vai ter encrenca agora.

— E, por quê?

— Coloca essa cachola de suco de tomate pra funcionar! Pessoas presenciaram você matando um homem e correndo com o corpo sobre o ombro. Deixe-me ver quantos problemas você vai ter... Primeiro, será a polícia que vai procurá-lo por assassinato. Depois... Caçadores. Bastará algum deles ler o jornal de amanhã e entender que se trata de um caso sobrenatural. Vão pipocar vários deles por aqui. E, talvez, para falar a verdade, é bem provável que os vampiros da cidade não gostem nada, nada de saber que existe por aí um idiota da mesma espécie que coloca a comunidade em risco.

— Cuidado com a língua. Não precisa me ofender!

— Sou uma *lady*, não digo para ofendê-lo. É apenas para lhe mostrar a realidade. Além de tudo isso, você matou um cão infernal e desalojou um demônio do seu vaso. Os sujeitinhos desse grupo são vingativos, pode ter certeza. Em breve, estarão procurando por você.

— Talvez seja melhor assim. Qualquer um deles que me achar dará cabo dessa minha existência inútil.

— Inútil? Como você é pessimista! Acaba de encontrar uma verdadeira razão para continuar vagando sobre a terra e diz que a sua existência é inútil.

— E qual seria essa razão?

— Ora, não ficou claro? Expulsar demônios. Devolvê-los para o inferno. Não que eu me importe com a presença deles, mas parece que para você esse tipo de tarefa daria algum ânimo.

O vampiro parou de cavar.

— Mesmo que tenha razão, não conseguirei escapar ou dar conta de toda essa tropa que você enumerou, quando eles me encontrarem.

— Diga pra mim uma coisa... Sou ou não sou sua amiga?

— Difícil admitir. Mesmo sendo a criatura mais irritante que já conheci, você é a única coisa que se aproxima de uma amizade.

— O que os amigos fazem por outros amigos? — vendo que o vampiro pensava antes de responder, adiantou-se. — Não precisa dizer nada, eu mesma dou a resposta. Ajudam-se! Vou fazer algo por você.

— O quê?

— Conheço um encantamento capaz de ocultar o local em que você habita. Ninguém conseguirá encontrar a sua igreja ou esse cemitério aqui, quando eu realizar meu trabalho. Somente outra fada com o mesmo conhecimento ou um mago do alto círculo arcano poderiam quebrar a minha receita.

— Isso é incrível. Então faça! — o vampiro se empolgou com a ideia.

— Claro, farei... Mas preciso de algo em troca.

— Eu sabia que não podia contar com você.

— Pode sim. É apenas um capricho. Preciso de um item para equipar meu laboratório. Gosto de ter prateleiras repletas de ingredientes.

— Nunca imaginei que uma coisa miúda como você pudesse ter um laboratório. Fica dentro do tronco de uma árvore? — o vampiro não escondeu o sarcasmo.

— Você se surpreenderia. Sou cheia de segredos.

O vampiro saltou de dentro da cova e depositou o corpo lá dentro.

— Já volto — ele se afastou indo até a igreja. Alguns minutos depois, retornou com um frasco na mão.

— O que é isso? — perguntou a fada preocupada. Não queria nada sendo usado contra ela.

— Não é para você — ele disse. — É água benta!

— E você pode com isso? — curiosa, ela queria saber.

— As armas do Senhor nunca me afetaram depois do abraço. É possível que minha fé realmente valha para alguma coisa.

O vampiro abriu o frasco.

— Filho de Deus, descanse em paz: Em nome do Pai, do Filho e do Espírito Santo. Amém! — o vampiro aspergiu a água santificada sobre o defunto.

Um vapor fedorento exalou do corpo e chagas se abriram. Uma sombra começou a sair de dentro da boca do morto. Em seguida, a sombra adquiriu a forma de algo monstruoso, meio-homem, meio-animal, com olhos de fogo. A voz da coisa era grave e soturna:

— Você não devia se meter comigo, sanguessuga! — ameaçou atacar, porém, antes que pudesse fazer isso, foi tragado por alguma força invisível vinda do interior da terra que a desfez.

— O demônio ainda estava no corpo! — disse o vampiro, sem dúvida, impressionado, assim que a sombra se dissipou por completo.

A fada, como se não tivesse presenciado nada demais, falou:

— Eu disse pra você. Ele não vai sossegar enquanto não se vingar. Provavelmente será castigado, por algum demônio de hierarquia superior, durante alguns anos, por ter voltado para o inferno sem nenhuma alma com ele. Depois das torturas que vai sofrer, vai se recuperar e organizar alguma busca por você. Assim aconselho, façamos logo nosso negócio. O meu encantamento protegerá esse lugar. Será seu esconderijo contra seus possíveis perseguidores.

— Ter salvo uma alma me faz acreditar que posso salvar outras. Eu aceito o trato. O que você quer?

— Um pouco do seu sangue!

— Qual a utilidade disso?

— Já falei! Gosto de guardar todo tipo de ingredientes em meu laboratório, principalmente, os exóticos — a fada pegou em uma bolsa um pote vazio e, do cinto, uma adaga.

Voando, aproximou-se do vampiro.

— Estenda o braço e arregace essa manga suja.

O vampiro fez o que ela mandou e disse:

— Eu poderia esmagá-la agora, sabia?

— Eu sei. Mas você não fará essa bobagem. O meu encantamento o ajudará. Manterá esse lugar seguro.

— Pegue logo o sangue.

A fada fez um corte no pulso do vampiro. Pôde perceber que ele sentiu dor, mas manteve-se firme. Quando o vidro estava cheio, guardou-o de volta na bolsa.

— Temos um trato, então? Posso confiar em você? — perguntou o vampiro.

— Termine o seu serviço. Coloque terra sobre a cova e vá para a sua cripta descansar. Amanhã, quando acordar, verá que a noite, o campo e o bosque estarão preenchidos por uma bruma leve. Para sair e entrar do seu território, basta seguir uma luz amarela, esmaecida, quase apagada que estará localizada sempre aqui na borda do cemitério. Só você e eu poderemos vê-la. Exceto algumas criaturas muito experientes nas artes arcanas. Não se preocupe com elas, pois são raras.

— Você fará isso mesmo?

— Hi, hi, hi, você é muito desconfiado! — a fada bateu as asas bem rápido e se afastou como num passe de mágica.

O vampiro, depois de completar o enterro e fazer as orações fúnebres, entrou na igreja e desceu até o subsolo onde estava o seu caixão. Ao deitar, fechou os olhos caindo em sono profundo, sem ter sonhos ou pesadelos.

Na noite seguinte, quando acordou, percebeu que uma neblina se espalhava pelo chão de pedra da cripta em que dormia. Subiu até o nível da igreja e observou o mesmo fenômeno. Lá fora, o campo e a base das lápides estavam mergulhados em uma bruma que mais parecia um tapete de nuvens pouco denso. As árvores haviam adquirido um aspecto doentio, troncos de casca enegrecida e enrugada, galhos raquíticos, folhas escurecidas, e sem qualquer ave por perto. Era como se o próprio ar da região tivesse sido contaminado deixando toda a região podre.

Avistou um ponto de luz amarelado e sutil. Por ali, devia ser a saída e a entrada de seu território. Decidiu que durante algumas semanas não sairia. Devia evitar o exterior, não queria ser pego de surpresa por algum inimigo. Aproveitaria as próximas noites para rezar, aplacaria a sede com devoção. E, assim que se sentisse seguro, começaria a caçar demônios. Com o sangue dos seus possuídos, poderia sobreviver e ao mesmo tempo libertar almas.

Em uma noite em que a lua despontava com luminosidade total no céu, atravessando a sutil bruma que encantava o seu território, decidiu sair.

— Vai caçar? — perguntou a voz conhecida. — Vejo que você está seco. Precisa beber.

A fada estava sentada sobre o topo de uma lápide e, ao seu lado, havia um menino. Uma criança de uns sete anos de idade.

— Quem é esse? — o vampiro quis saber, desconsiderando a pergunta da fada.

— Perguntei primeiro. Por que não me responde?

— Vou sair. Você não deveria trazer ninguém para cá sem me consultar antes.

— Não se preocupe. Ele é meu. Só faz o que eu ordeno.

— O que você quer dizer com "ele é seu"? É só uma criança. Não tem pais?

— Não, senhor — o menino disse sem se apavorar com a aparência cadavérica do vampiro. — Eu vivia sozinho nas ruas. Agora eu tenho família.

— Uma maldita fada corrompida! Isso é a sua família, garoto?

— Você também é minha família.

— Não é querido e educado? — perguntou a fada para o vampiro, mostrando evidente satisfação.

— Como assim, "minha família"? Não entendi — o vampiro pareceu um pouco transtornado com aquela afirmação inesperada.

— Eu explico — disse a fada antes que o menino falasse. — Aprecio companhia e precisava de um auxiliar para o dia a dia. De onde eu venho, é comum raptar crianças para viverem conosco. Lá o tempo passa de maneira diferente, elas envelhecem muito devagar. Sua infância dura décadas. Porém, fui banida do meu mundo. Estou proibida de voltar para lá, ao menos por enquanto.

O vampiro não a interrompeu. Queria escutar a história. Era a primeira vez que sabia um pouco mais sobre a vida daquela criatura mágica.

— Durante trezentos anos, terei de viver no mundo dos homens. Não posso voltar para o meu lar. Se eu voltar antes de cumprir minha pena e for descoberta, serei executada. Como não tenho escolha, sou forçada a ficar por aqui. Assim, preciso me adaptar. Não queria ter o trabalho de selecionar, entre as crianças humanas, um serviçal a cada cinco ou sete anos. Quando conheci você, percebi que de alguma maneira o seu sangue poderia me ajudar.

— E ajudou? — perguntou o vampiro sem esconder a irritação.

— Sim. Selecionei esse garoto entre alguns que eu observava já há alguns meses. Ele é esperto, aprende fácil e não vai mais envelhecer como os outros. No meu pequeno laboratório, sequei as veias dele e dei o seu sangue de vampiro para ele beber. Agora terei companhia durante todo o meu exílio sem precisar treinar novos meninos ou meninas a cada década.

O vampiro tentou agarrar a fada, mas ela voou antes que ele se aproximasse.

— Não tente mais isso! — a fada alertou. — Você não pode mudar o que eu fiz.

— Não sinta raiva, senhor! — disse o menino. — Eu vivo melhor agora. Não sinto mais frio. Não sinto mais solidão. Alguém se importa comigo. Não sinto mais fome...

— Você suga pessoas? — o vampiro voltou a sua atenção para o menino.

— Só um pouco. Nunca até o fim.

— Você é um perigo para os outros...

— Não é perigo algum — disse a fada. — Afaste-se dele, ou quer que o encantamento seja quebrado? Eu posso fazer isso num piscar de olhos.

O vampiro hesitou.

— Suma daqui com a sua cria. E não me arranje problemas.

— Não se preocupe. Não tenho interesse em ver outros vampiros que sejam nossa responsabilidade caminhando soltos por aí. Ele é obediente. Faz tudo o que eu digo. Enquanto ele viver, você estará protegido pelo encantamento.

— Vá logo! — vociferou.

O menino e a fada se afastaram sem se despedir. O vampiro não sabia se tinha feito a coisa certa. Poderia ter rasgado a garganta da criança quando teve oportunidade. Mas se tivesse feito isso, não poderia limpar a região. Seria alvo fácil para os seus perseguidores. Concluiu que valia a pena perder uma alma, ao menos temporariamente, para salvar muitas outras. Além do mais, tinha um pouco de esperança que o menino ao longo dos anos não se contentaria em seguir as regras daquela fadinha corrompida. E que, de alguma maneira, em algum momento, teria vontade de esmagá-la por tê-lo tornado um ente das trevas. Em seu íntimo, o vampiro torcia por isso. Mas enquanto esse dia não chegava, era hora de exorcizar alguns demônios. Saiu de sua toca encantada.

In: Coleção Sobrenatural – vol. 1 - Vampiros. Porto Alegre: AVEC Editora, 2014, p. 68-81.

DRAGÃO DE CHUMBO

SEMPRE QUE ME LEMBRO DISSO, um arrepio percorre minha espinha. Eu tinha somente doze anos quando aconteceu aquela coisa horrível que matou meus amigos. Quase todas as noites, quando estou no escuro do meu quarto, tenho a impressão de escutar algo pegajoso movimentando-se nas sombras. Às vezes, acho que existem ninhos de platelmintos superdesenvolvidos rastejando debaixo da minha cama. Durante madrugadas insones, não é incomum que eu espere apreensivo pela chegada silenciosa de tentáculos sorrateiros. Braços de origem octópode prontos para me asfixiar. Ainda hoje, consigo lembrar-me das faces, dos meus amigos, distorcidas pelo medo. Suplicaram por ajuda. O horror seduzira por completo seus semblantes apavorados.

Hoje, detesto os livros, tudo aconteceu por causa de um livro. Na verdade, atribuo toda culpa ao bibliotecário da escola e à professora de ciências que nos obrigou a realizar uma tarefa avaliativa. Nunca os desculparei. Espero que seus corpos estejam apodrecendo em uma tumba.

Na época do ocorrido, eu habitava em um bairro pobre. Para ser mais preciso, em uma rua sem saída. Uma cerca de

arame farpado marcava o final do beco. Do outro lado, havia um imenso terreno arborizado. Eu e minha família vivíamos em um apartamento pequeno de um quarto. O prédio continha quatro andares, sendo parte de um condomínio que abrangia um quarteirão. Nosso bairro era um aglomerado de edificações de baixa estatura, com muitos apartamentos cada. Eu considerava o beco um lugar especial para morar. As crianças se reuniam para brincar de "pegar", de esconder, jogar bola, andar de bicicleta, sem se preocupar com a circulação intensa de veículos.

Quando o tempo estava bom, fazíamos expedições na mata nativa do outro lado da cerca. Esse era um momento de quebrar regras, fazer algo que era proibido pelos nossos pais. Logo que se ultrapassava o limite urbano para o campo, passávamos por um capim alto até atingir as árvores que nos inspiravam a esperança de encontrar um mundo desconhecido e pronto para ser desbravado. Bem no centro daquela floresta, no meio da cidade, havia um caminho que chamávamos de entrada. Pegando uma bifurcação à esquerda, chegávamos a uma clareira que os mais novos diziam ter sido feita pelos meninos mais antigos da rua que já não a frequentavam mais. As árvores naquele ponto se entrelaçavam de galho em galho para formar um teto verde natural, o qual deixava passar riscos luminosos do sol. Ali nos reuníamos para conversar sobre desenhos animados, os professores, a escola, as brincadeiras que mais gostávamos e os amigos.

Perto do nosso quartel general, existia um córrego que vinha de um local mais elevado do campo. Sabíamos que na região alta do bairro havia um hospital, o Banco de Olhos. Os adultos diziam que a água que descia de lá era poluída e provavelmente envenenada por diversos elementos químicos. O riacho era proibido para as

nossas brincadeiras. Tínhamos consciência que o simples contato com ele poderia causar infecções na pele e outras doenças mais graves.

Foi na intenção de garantir uma boa nota no trabalho de biologia que eu e meus amigos nos envolvemos com o bibliotecário da escola pública em que estudávamos. Lembro que ele era um homem estranho e reservado, mesmo no verão, sempre trazia consigo um guarda-chuva preto e, se não estivesse tão quente, usava luvas de pelica e chapéu.

Uma manhã, nós quatro entramos na biblioteca. Enquanto, eu, Joel e Pedro, fazíamos de conta que procurávamos livros na estante dos fundos, Aninha, a corajosa do grupo, perguntaria o básico para o sujeito. Do local em que estávamos, não conseguíamos escutar o teor da conversa.

Logo ela voltou empolgada e confiante:

— Eu disse que ele não morde!

— Aqui ninguém tem medo dele — tentou nos defender Pedro.

— Os livros que precisamos estão na terceira prateleira. Ele indicou quatro. Venham! Eu mesma os pegarei. Ah, ele também disse que, se quisermos realmente aprender algo sobre biologia, devemos voltar amanhã, no mesmo horário.

— Porque voltaríamos? Já temos quatro livros pra ler — manifestou-se novamente Pedro.

— Um para cada. Podemos dividir o trabalho — eu disse, achando-me esperto.

— Um livro para cada um de nós é moleza. Podemos fazer o melhor trabalho da turma. Não custa ler mais alguns livros. O que me dizem?

— Se você acha uma boa... Eu aceito mais algumas horas de leitura — disse Joel que tinha certa queda por Aninha.

Pedro balançou a cabeça em desaprovação, mas não disse nada. Percebendo o silêncio do grupo, Aninha não se demorou em decidir por todos.

— Bom... Então tá decidido... Vamos ler mais livros. Só uma coisa. Ele pediu segredo. Disse que nos emprestará exemplares da biblioteca particular dele. Livros que somente grandes professores têm acesso.

— Não me interesso por livros difíceis — reclamou Pedro.

— Acho que seria ótimo fazermos um trabalho especial. Assim, a gente impressiona a professora e os colegas. Você vai querer repetir o ano mais uma vez, Pedro? — perguntou Aninha.

— Minhas notas não estão boas — eu disse desanimado.

— Por mim tudo bem! — Joel a apoiou mais uma vez.

— Se o trabalho ficar complicado, você devolve os livros do bibliotecário e ponto final — disse Pedro para Aninha.

— Sem problemas! — respondeu a menina.

Retiramos os quatro livros e fomos para casa do Pedro organizar o trabalho. No outro dia de manhã, ao final da aula, voltamos para a biblioteca da escola. A representante do grupo, mais uma vez, conversou com aquele homem sinistro que de alguma forma nos causava calafrios. Quando tento reconstruir a face do bibliotecário na lembrança, tudo o que consigo ver é uma imagem sem foco, um rosto indecifrável.

Aninha voltou com um pequenino livro de capa roxa em suas mãos.

— Esse é o livro? — perguntou Pedro. — Vamos ler em uma hora.

— Venham! — disse Aninha fulminando o amigo com um olhar de reprovação.

Nós acompanhamos a garota. Aninha tinha os cabelos cacheados e pretos, olhos amendoados, e seu rosto alongado era bonito. Gostava de se vestir como os meninos. Usava jeans e camisetas do irmão com estampas de bandas. Depois de um tempo, compreendi que ela fazia aquele estilo despojado para se igualar aos meninos. Assim, podia ser a líder do grupo sem maiores objeções. Quem se metia com ela levava uns bons pontapés nas canelas e, se tivesse bolas, era melhor se cuidar.

Fomos para a casa da nossa líder. A mãe dela não estava em casa. Esquentamos um pouco de comida que estava em panelas no refrigerador e dividimos entre os quatro. Depois de nos alimentar com o pouco que tinha, limpamos a mesa. Em seguida, Aninha abriu o livrinho de capa roxa e nos mostrou o conteúdo.

— São experiências! — exclamou com enorme entusiasmo Joel.

— Isso é um livro de química ou de biologia? — ficou em dúvida Pedro.

— Deve ser de biologia. Foi o tipo de livro que eu pedi. Ele não me daria algo errado para ler.

— Será que conseguimos fazer alguma das coisas que estão descritas aí? — eu quis saber.

— Acho que sim — respondeu Aninha. — O bibliotecário apenas alertou que devemos ser precisos seguindo passo a passo as instruções. Não podemos errar uma substância sequer!

— Duvido que qualquer coisa escrita aí possa dar certo. Vocês não acreditam mesmo que seja possível criar um animal de

estimação do bulbo da beterraba? — disse Pedro depois de folhear o livro.

— No mínimo, vai ser divertido — eu falei. — Pode ser apenas uma brincadeira que nos incentive a fazer experiências. Vai ser legal!

— É, vai ser legal! — concordou Joel entusiasmado.

— Minha ideia é que cada um de nós faça o seu próprio — sugeriu Aninha.

Eu e os garotos copiamos uma das páginas com a receita em nossos cadernos. Aninha ficou com o livro original em seu poder. Agora era preciso selecionar os ingredientes. Retornamos às nossas casas e começamos a juntar os utensílios necessários para a experiência.

Na gaveta da máquina de costura da minha mãe, peguei uma agulha que guardei em meu estojo de aula junto com um carretel de linha vermelha. Na estante da sala, eu deixava em exposição alguns bonecos de chumbo que colecionava. Peguei um deles. Costumava comprar em uma lojinha especializada de *RPG*. Coloquei-o dentro do estojo. Li mais uma vez o que eu tinha escrito no meu caderno: "o feiticeiro deve escolher o melhor dos seus bonecos".

Segui as regras conforme tinha copiado. Eu deveria murmurar exatamente à meia-noite os dizeres indecifráveis que eu transcrevera. Enquanto todos, em minha casa, dormiam, o boneco se banhava na luz do luar prateado e escutava minha voz ritmada em forma de cântico. Seu rosto bem moldado por algum artista desconhecido me deu arrepios. Parecia vivo. Fui dormir com a sensação de ter realizado corretamente a primeira tarefa. O próximo passo seria efetuado, em grupo, na noite seguinte.

De manhã, encontrei Joel no pátio da escola:

— Oi! Você realizou o primeiro estágio? — perguntei curioso.

— Claro! A Aninha e o Pedrinho também. Combinamos de nos encontrar às dez horas da noite na clareira.

— Não vai ser fácil sair de casa nesse horário. Mas eu darei um jeito.

— Não se esqueça de levar a sua lanterna!

Dizendo isso, Joel olhou para os lados para ver se alguém tinha escutado nossa conversa particular, e foi para a sala de aula. Nós quatro estudávamos em turmas diferentes. Mas morar próximo nos tornava bons amigos.

Um sanduíche de queijo com presunto e um café com leite foi nosso jantar de família. A televisão ficou ligada até o final da novela, quando minha mãe a desligou, sugerindo que eu e Joana fossemos dormir. Nosso pai, no quarto, lia um romance, mas em breve estaria de olhos fechados e roncando, pois tinha de acordar cedo para trabalhar.

Deitei no meu colchão, na sala, ao lado da minha irmãzinha. Ela, em menos de um minuto, adormeceu tranquila.

No escuro, com os olhos semicerrados e de ouvidos bem abertos, eu me mantive de prontidão. De vez em quando eu conferia o relógio de pulso. Faltava pouco para que os ponteiros alcançassem dez da noite. Definitivamente, eu não queria me atrasar. Foi quando ouvi o inconfundível e alto ronco do meu pai. Levantei sem fazer barulho. Caminhava nas pontas dos pés. Tirei meu pijama e vesti a roupa da escola que estava estendida sobre uma cadeira esperando o dia seguinte. Na área de serviço, calcei meu tênis que estava a ponto de se desmanchar na próxima

partida de futebol. Girei o molho de chaves na fechadura. Com todo cuidado possível, abri a porta sem fazer ruído algum.

Desci o lance de escadas do prédio e, passando por outra porta, atingi a rua. À esquerda, levantavam-se imponentes as grandes árvores abraçadas pelas sombras da noite. No bolso do casaco, peguei a lanterna que eu havia separado. Por um vão, entre os arames farpados, cruzei a linha que separava a realidade da insanidade. O primitivo e o civilizado não habitavam o mesmo espaço. De um lado, ficavam os prédios de concreto emanando as luzes dos écrans televisivos e a conversa de humanos neuróticos. Do outro, o lado em que me encontrava, o farfalhar dos galhos e das folhas, o pio de algum pássaro noturno, os insetos que se movem no capim, e coisas que não conseguimos definir na escuridão ditavam as regras daquele lugar vivo. Um lugar que, aos poucos, começou a me encher de temor e calafrios.

A luz da lanterna iluminou o mato. Minhas pernas encorajadas pelo seu facho de luz moveram-se rápidas. O quanto antes eu encontrasse meus amigos, melhor. Estar sozinho no escuro de uma floresta não é nada agradável, mesmo que esse ambiente verde seja no meio de uma cidade. As luzes da civilização tornaram-se meros pontinhos a distância, como se fossem vaga-lumes de várias cores indicando o caminho de volta para casa.

Embrenhando-me entre árvores, atingi a clareira. Eles não estavam lá. Observei o relógio de pulso marcando vinte duas e quarenta. Meus companheiros já tinham ido para o riacho proibido em que navegavam as impurezas vindas do hospital de olhos.

Eu acreditava que ainda tinha tempo de participar do ritual. Conforme corria pelo mato, as etapas da receita surgiam na minha memória:

Número 1. Na noite anterior ao cerimonial de invocação, o mago deve recitar um cântico ao boneco escolhido. Número 2. Pescar na lua nova um sapo, cortar sua barriga e retirar os órgãos internos; dentro do corpo do anfíbio, colocar o futuro mascote; costurar o animal com linha vermelha e agulha de uma mulher amada. Número 3. Devolver o animal para o leito do rio e gritar a palavra Reficul.

A maldita palavra que escondia seu conteúdo verdadeiro, pois era dita ao contrário, ecoou pela floresta indicando em que ponto meus amigos estavam posicionados. Desesperado, eu corria, pois achava que ainda poderia dar vida ao meu maravilhoso boneco de chumbo. Tropecei em uma raiz que se camuflava no capim alto e no escuro. Desabei no chão, batendo a cabeça.

Um ferimento abriu em minha testa deixando o sangue escorrer. Determinado a continuar a travessia, levantei com dificuldades sentindo o mundo rodar. Mesmo tonto, fui em frente, mas, agora, eu cambaleava um pouco desorientado. Grunhidos e gritos de pavor dominaram aquela mata nativa, que hoje praticamente não existe mais, na região norte de Porto Alegre. Eu olhava os sulcos e os nós na madeira das árvores e tinha a ilusão de que elas se abriam como bocarras tentando engolir tudo à sua volta.

Enfim, encontrei meus companheiros ao lado do riacho proibido. A visão que tive, naquela noite, continua me perturbando até hoje. Do rio, levantara-se uma massa disforme repleta de tentáculos com ventosas. Olhos pequenos, grandes, médios e minúsculos piscavam no corpo volumoso daquela criatura bizarra. Meus amigos, prisioneiros daquelas tenazes hercúleas, gritavam. Lágrimas escorriam pelas suas faces de espanto. Os três foram devorados por bocas minúsculas que apresentavam dentes afiados.

Talvez aquele monstro fosse o esconjuro coletivo criado pelos meus amigos. Nunca soube. Mas entendi que eu fora poupado por não ter participado do ritual em toda a sua extensão.

O rio tingido de vermelho e impregnado de poluição percorreu seu curso carregando consigo o monstro gerado pela feitiçaria. O pouco que restou dos meus amigos foi encontrado nos esgotos por equipes de busca. Os cachos pretos de Aninha estavam colados com sangue e pele em um pedaço de uma camiseta preta. O irmão dela reconheceu a roupa, assim que leu estampado no pano o nome de uma banda: *Iron Maiden*.

Meus joelhos batiam um contra o outro. Meus nervos tensos e a percepção a mil me alertaram de outra estranha presença. Virei o rosto e olhei sobre o ombro. Entre as árvores escuras, um morcego do tamanho de um homem me observava de asas abertas. Fiquei estático. Parei de olhar para a criatura, fechando os olhos.

— Seu medo é maravilhoso! Ele me alimenta. Seus amigos foram um prato abundante, e você treme tanto que eu me sinto satisfeito — escutei a criatura farejando o ar. — Não tema pela sua vida, por enquanto. Às vezes, sinto necessidade de conversar, mesmo que seja com humanos.

Tentei parar de sacudir os ossos e ficar calmo, mas era impossível, no livro não tínhamos lido nada sobre morcegos gigantes ou devoradores de medo.

— Na maioria das vezes, consigo resistir ao apetite voraz vivendo com pouco. Sentir medo é da condição humana, por isso, em geral estou alimentado. Porém, às vezes, necessito de algum banquete apropriado à minha natureza — atrás de mim, um ruído de galho partido denunciou a aproximação do monstro. — Você não precisa se preocupar... Para que tenha um pouco mais de confiança em mim, direi quem sou. Sou um demônio. Um demônio do vento. Voo por essas terras há algumas centenas de anos. Recentemente, fui enganado por um homem que gosta de livros.

Meu queixo tremia de forma tão violenta que eu podia escutar o eco dos dentes percorrendo todo o corpo. O fedor horrível do demônio era quase insuportável.

— Ah! Seu medo é incrível. Sinto-me mais forte, revigorado. Pronto para voar até o rincão mais longínquo. Mas, antes, preciso me vingar! — sua voz, a cada momento chegava mais perto.

O bafo podre que saía de sua boca esquentou meu rosto e meu ouvido. Apertei as pálpebras com toda a força que podia para não correr o risco de enxergá-lo.

— Diga-me, garoto, onde está o homem que ensinou seus amigos a convocarem aquele demônio das águas?

Eu não conseguia responder.

— Diga-me, quem os ensinou a fazer isso? Em gratidão, deixarei você partir.

— O bibliotecário da escola — eu disse em um sussurro e gaguejando. As lágrimas brotavam dos meus olhos.

Lembro que gritei mais de uma vez o nome da escola e repeti que o culpado era o bibliotecário. Caí de joelhos sobre o capim e os seixos às margens do riacho. Já não sentia mais aquela presença fétida colada ao meu rosto. Somente depois de algum tempo, tive coragem de abrir os olhos. Retornei para casa.

Quando cheguei ao apartamento, todos ainda dormiam. Escondi-me debaixo das cobertas com a roupa suja da aventura na mata. Não consegui dormir. Pensei a noite inteira no que tinha acontecido. Levantei antes dos primeiros raios do sol e fui tomar um banho. Quando minha mãe acordou, teve uma surpresa.

Encontrou-me vestido e pronto para ir à escola. Elogiou-me pela vontade de estudar e perguntou que corte era aquele na testa. Eu disse que tinha me batido na pia quando escovava os dentes. Ela me ajudou fazendo um curativo sem entender como eu tinha conseguido praticar aquela proeza.

Assim que pude, fui direto para o colégio. De alguma maneira, eu tinha esperança de encontrar meus amigos vivos. Talvez eu tivesse tido um pesadelo. Nada mais do que isso. Como não os vi antes do início do turno, resolvi checar a biblioteca. Uma senhora me atendeu:

— Oi, mocinho! Você deveria estar na sala de aula agora — ela me apontou um dedo repreensor.

— Onde está o bibliotecário?

— Ele era contratado do Estado. Ontem foi o seu último dia. Mas eu posso ajudá-lo no horário do recreio. Agora volte para a aula. A essa altura, a professora deve estar fazendo a chamada.

Saí correndo de lá. No intervalo, procurei pelos meus amigos tentando enganar a realidade. No dia seguinte, os vestígios mortais dos desaparecidos foram encontrados e suas mortes anunciadas pela diretora do colégio.

Todas as noites quando me lembro disso, observo o velho boneco na estante do meu quarto. O meu dragão de chumbo. Mantenho as janelas abertas, em noite de verão, para que a luz prateada do luar possa brilhar nas pupilas quase vivas da miniatura. Com certeza, meu animal de estimação deixaria aquela aparição do inferno ainda mais poderosa e indestrutível, ainda bem que eu não tive tempo de conjurá-lo.

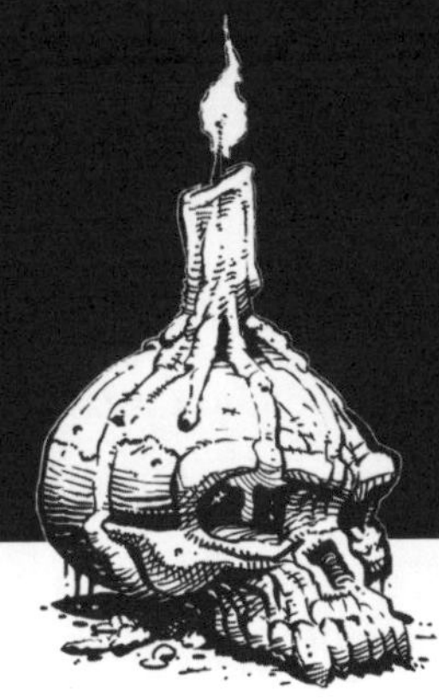

OS BONECOS DE RITA

1. A FAMÍLIA

Ao acordar, sentiu o cheiro de café fresco sendo preparado. A mulher sempre acordava mais cedo. Esfregou os olhos, deixou o conforto do colchão e o calor das cobertas. Também pulou da cama, para acompanhá-lo, a gatinha de pelo tigrado da família.

O aroma do café chegava às suas narinas como um convite. A esposa preparava sanduíches.

— Bom dia!

— Vocês dois sempre conseguem dormir mais do que a cama — a esposa afagou a cabecinha da gata e depois deu um beijinho carinhoso no rosto do marido.

A esposa serviu café quente e forte. Sentaram-se à mesa. A bola de pelos transitava entre eles esfregando o rabo ereto nas pernas do casal.

— Ela quer carinho o tempo todo. Não cansa disso — a mulher disse sorrindo.

— Sabe o que é bom — a esposa retribuiu a observação com um sorriso maroto. — E a Ritinha? Se estiver atrasada, não

poderei levá-la para escola. Hoje tenho uma reunião importante no início da manhã.

— A pobrezinha acordou com febre. Está bem resfriada. É melhor que fique em casa.

— Vou lá ver como ela está — o pai começava a se levantar.

— Ritinha está dormindo agora — a mãe colocou a mão sobre o braço dele. — Eu já dei um antitérmico para ela. Termine sossegado a sua refeição.

— Você tem razão. É melhor deixar que repouse.

— Mais tarde eu levo um bom café na cama para ela e a convido para fazer o dever de casa.

— Ótimo.

O marido e a mulher beberam o café e comeram seus pães de sanduíche torrados com manteiga e queijo. Ele foi o primeiro a levantar. Foi até o banheiro escovar os dentes, tomou um banho e se vestiu. Antes de sair, pediu para que a esposa o ajudasse com a gravata. Logo em seguida, pegou sua pasta de trabalho sobre a mesa do computador. Despediu-se dela com um beijo nos lábios.

2. A MENINA

Fechada no quarto, ardendo em febre, a menina escutava a conversa dos dois com a orelha grudada na porta. Sentiu-se rejeitada. Queria que o pai tivesse se despedido. Não conseguia entender por que a mãe arranjava desculpas esfarrapadas para afastá-lo. Era sempre assim. O pai fazia as vontades da mãe e nunca dava atenção para ela. Na escola, todos a odiavam, em casa, era a mesma coisa.

Pegou algumas de suas bonecas e se enfiou debaixo dos cobertores na cama. Abraçou todas como se fosse a última vez. Soluçou com pena de si mesma. Seus olhos deixaram escapar algumas lágrimas. Limpou-as com o lençol e prometeu para si mesma que nunca mais choraria. Precisava ser forte. Aquela fonte estava seca.

Descobriu-se e começou a brincar. Inventava diálogos como se fosse uma pessoa adulta. Interpretava vozes de homens, mulheres e crianças para cada um dos seus bonecos de pano, de porcelana e de plástico. Imaginou situações. Projetou o destino de cada um deles.

3. O PAI

No estacionamento, o pai girou a chave na ignição do automóvel. Em vez de se prender ao cinto, acendeu um cigarro. Não aguentava mais esperar por aquele momento. Em seu círculo familiar e de amizades, ninguém mais fumava. Mesmo assim, não conseguia resistir ao vício.

Deixou o prédio em que morava para somar-se a um numeroso contingente de veículos próximos ao centro da cidade. Trafegou em direção ao escritório de advocacia que havia aberto com um colega da faculdade há mais de uma década. O caminho pelo qual costumava passar, mais adiante, estava bloqueado por um caminhão de uma construtora.

Naquele dia, não podia se atrasar. De maneira afoita, conseguiu sair do começo do engarrafamento por uma rua lateral. Devido à sua falta de atenção e à urgência de chegar a tempo no trabalho, não percebeu que se tratava de uma via de

mão única. Acelerou e, quando percebeu o erro cometido, já era tarde demais. Topou de frente com um caminhão. Sem o cinto para segurá-lo, voou de encontro ao para-brisa, rompendo-o. O corpo decolou como se fosse um boneco, estatelando-se na capota do pesado veículo de carga.

4. A MÃE

O barulho na porta do quarto de Rita sobressaltou a mãe. A mulher lavava as louças, concentrada, pensando em que lugar a família passaria as próximas férias. Assustada pelo inesperado estrondo, deixou cair um prato no chão que se partiu em alguns pedaços. Com o coração aos pulos, foi até o quarto da filha. Escancarou a porta. A menina estava sentada na cama sobre os cobertores. O rosto pálido, anêmico, os cabelos cacheados desgrenhados, os olhos azuis vidrados no vazio e injetados de uma vermelhidão anormal. Parecia uma estátua, sem movimento, sem respiração, como se o tempo houvesse terminado para ela, como se algo inexplicável tivesse ocorrido.

— O que aconteceu?

Não houve resposta. O olhar da menina apenas se deslocou para um boneco de porcelana, que representava um homem, estatelado no tapete ao lado da porta.

A mãe entendeu que a menina havia jogado o brinquedo na porta causando o barulho. Ajoelhou-se e começou a juntar os cacos do boneco.

— Por que você fez isso? Foi presente do seu pai.

— Papai não gosta de mim. Mas isso não importa mais.

A mãe parou de juntar os cacos e sentou-se ao lado da filha na cama. Acariciou os cachinhos dela.

— Não diga isso, minha princesa. O teu pai te ama.

Rita não disse nada. Manteve o olhar fixo no chão, nas partes quebradas do boneco que mais gostava. O telefone tocou na sala de estar.

— Vou atender ao telefone. Já volto para ficar com você. Tudo bem?

A menina não emitiu qualquer resposta. Pegou uma de suas outras bonecas e começou a brincar, ignorando a mulher que a confortava. A mãe finalmente atendeu ao chamado e, quando escutou a notícia de que o marido encontrava-se no hospital, em estado grave, seus joelhos fraquejaram. Esforçou-se para não desmaiar e se manter consciente naquela hora. Pegou um sobretudo e o vestiu sobre a roupa comum que utilizava quando realizava seus afazeres domésticos. Avisou a filha de que precisava sair, tinha um compromisso urgente. Preferiu omitir o acidente, ao menos por enquanto, para preservar a menina. Ainda não era a hora de contar o ocorrido sem saber o verdadeiro estado físico em que o marido se encontrava. Disse que, logo a vovó estaria lhe fazendo companhia. Devia ficar em casa descansando até que a sexagenária chegasse para tomar conta dela. Então, saiu.

A menina não tinha dúvida de que a mãe também não gostava dela. Abandonara-a sozinha sem lhe dar um único beijo de despedida. A gatinha entrou no quarto e pulou em cima da cama. Esfregou a cabecinha peluda nas mãos pequeninas de Rita.

— Só você me entende, bolinha de pelo. Vou cuidar de você.

A menina começou a arrancar, lentamente, um por um os fios de cabelo de sua boneca preferida. Um presente dado

pela mãe no último natal. Depois a desmembrou com paciência. Começou pelos braços, depois pelas pernas e, por fim, sacou a cabeça do encaixe do esguio pescoço.

LICANTROPO

1. O CÃO

Benjamin guiava seu caminhão com alguma pressa. Naquele trecho, mais próximo à entrada da cidade, a estrada estreitava e a passagem de pedestres imprudentes era constante. Para cada um que cruzava na sua frente, buzinava.

Precisava entregar a mercadoria em um bar na beira da praia. Concluir aquele compromisso o quanto antes significava encarar uma nova empreitada. O que resultaria no aumento da renda mensal. O caminhoneiro sustentava a numerosa família com os parcos recursos que o patrão lhe pagava. O explorador nem mesmo assinava a sua carteira de trabalho. Mesmo assim, sempre cumpria tudo no prazo estipulado, sendo um profissional exemplar. Nunca havia se metido em encrencas, nem parava em postos de gasolina para se abastecer de pinga. Conversava pouco e não gostava de se envolver nas crises alheias.

No rádio, para seu contentamento, tocava a rainha dos caminhoneiros. Sabia de cor todas as letras. Cantava com ela em uníssono na ilusão de conseguir alcançar as notas mais difíceis.

Em um momento de distração, quando se imaginou na primeira fila do show, não foi capaz de evitar um atropelamento.

Teve consciência de que não fora sua culpa. Aconteceu quando passava ao lado de uma oficina mecânica. Foi tudo muito rápido. Um cão de grande porte, vira-lata, de pelos acinzentados, de súbito, correu na direção do veículo. Latiu tão próximo do caminhão, sem respeitar uma distância segura, que foi tragado pelas rodas como se tivesse sido sugado por um moedor. Benjamin sentiu o solavanco, em decorrência do esmagamento do corpo do animal. Pelo espelhinho da direita, viu o cão estirado no asfalto após a sua passagem. Sentiu-se envergonhado pela falta de atenção. Mas tentou se convencer de que não fora sua culpa. Afinal, o bicho praticamente se jogara contra o veículo.

Continuou o seu caminho. Nada poderia trazer o animal à vida. Desligou o rádio. A situação o deixara muito desconfortável ao volante. Decerto um dono choraria pela sua morte. Com certeza, um sujeito imprudente, pois não cuidara de forma apropriada do animal, deixando-o solto em uma via tão movimentada que nem mesmo possuía acostamento delimitado. Cogitou retornar e recolher o corpo. Assim, talvez, ele se sentisse um pouco melhor. Tinha mais de um cachorro em sua casa e gostava dos companheiros caninos. Eram os melhores amigos do homem, sem dúvida alguma.

Quando deu o sinal para realizar o retorno, teve de olhar no espelho retrovisor. Quando viu a coisa, um frio lhe percorreu a espinha de baixo para cima até que os cabelos em sua nuca se arrepiassem. O espectro do cachorro corria no encalço do caminhão.

— Diabos! — Benjamin exclamou apavorado.

Imediatamente, desistiu de realizar a manobra de retorno. Acelerou o mais que pôde e piscou os olhos para desembaciar a retina. Olhou mais uma vez pelo espelho e, por alguns segundos, aliviou-se, não avistou o incansável perseguidor. Porém, o relaxamento não durou muito. Seus músculos petrificaram ao sentir um bafo quente na cabeça e um rosnar no ouvido. Parou o caminhão com uma freada brusca, sem saber se vinha algum automóvel colado à sua traseira. Poderia ter causado outro acidente. Por sorte, isso não aconteceu.

Virou o rosto para ver o fantasma, mas não encontrou nada além do banco vazio e o fedor de um hálito quente. Fez o sinal da cruz, clamou por Jesus e limpou o suor da testa com as costas da mão.

— Deve ser a quantidade de trabalho que está me afetando — falou consigo mesmo, tentando se convencer de que estava tendo uma alucinação.

Tomou um gole de água do cantil e jogou no rosto para se refrescar.

— Maldito calor! Afeta qualquer um.

Pisou no acelerador, tentando apagar a imagem daquela aparição bizarra de sua memória. Porém, não conseguia afastar da sua consciência o rosnado de ódio que retumbava em seus ouvidos. Decidiu parar em uma lanchonete de beira de estrada.

— Oh, amigo! Serve um martelinho — Benjamin não era disso. O trabalho era algo sagrado para ele. Mas, diante daquela circunstância inusitada, precisava fazer alguma coisa.

Bebeu mais de um até que a lembrança do fantasma fosse inundada pelo álcool. Seguiu seu caminho bêbado. Cortou a frente de outros motoristas e muitas vezes invadiu a pista

contrária. Sem outro incidente, chegou à praia de seu destino. Agora bastava encontrar o bar em que deixaria a mercadoria.

O estabelecimento ficava em frente ao mar, em uma rua sem asfalto de terra avermelhada. Ele descarregou as caixas em um processo cansativo e demorado. Era início da noite quando acabou a função. Podia sentir o seu suor desprendendo o cheiro da forte bebida que ingerira algumas horas atrás. Antes de partir, solicitou uma refeição para o proprietário e uma cerveja. Acomodou-se em um local no fundo do bar.

Aquela praia não possuía infraestrutura de lazer do tipo que tem parques aquáticos, nem mesmo noites badaladas com jovens dispostos a farrear. O local era pouco frequentado e, naquele momento, havia somente alguns clientes.

Olhando para o mar turbulento, Benjamin imaginava que aquelas ondas revelavam certa personalidade. A identidade de um mar obviamente bravio. Tão indomado que talvez tivesse sob as suas águas um antigo deus capaz de comandá-lo. Uma entidade mais forte que Iemanjá, mais estranha que Iara, e mais poderosa que o tal Netuno do qual já ouvira falar.

Benjamin era católico, no entanto, a diversidade cultural e religiosa da comunidade em que estava inserido lhe permitia o acesso a todos os tipos de histórias. Assim, a cultura popular lhe enchia a cabeça de ideias fantásticas e mirabolantes. Continuou bebendo mais cerveja. Logo estava bêbado por completo, como não ficava desde a adolescência. O fantasma que rondava o caminhoneiro aproveitou-se daquele momento de fraqueza para seduzir sua mente enfraquecida.

A atenção de Benjamin voltava-se agora para a grandiosidade enigmática da Lua. Bela e sedutora, ela o hipnotizava como se fosse uma entidade viva. De um instante para o outro, uma dor lancinante percorreu seu peito. Surpreendido, sem saber a causa do sofrimento, curvou o abdome e colocou as mãos sobre o local em que se manifestava a fisgada brutal. Depois daquela sensação terrível, os eventos se desencadearam de forma rápida e inacreditável. A memória de Benjamin, na noite seguinte, não seria capaz de discernir entre realidade e loucura.

O corpo curvado do caminhoneiro intrigou um cliente do bar que estava tomando um drink com a namorada. O indivíduo, sem sair do lugar, chamou a atenção do proprietário:

— Hei, João! Acho que o homem não está passando bem!

O proprietário saiu de trás do balcão e das proximidades da caixa registradora para conferir o estado de Benjamin.

— Tá se sentindo mal? Se você tá fazendo isso para não pagar, tira o teu cavalinho da chuva. Eu ligo pro teu patrão agora mesmo!

Benjamin percebia sua consciência abandonando-o. Parecia funcionar no automático. Teve a sensação de que sua massa corpórea acabava de ser invadida por uma força descomunal e vingativa. Um instinto animal e feroz crepitava em suas veias. O cão assumiu por completo o comando de suas ações.

A dor da metamorfose atingia todos os músculos e ossos, deformando a sua matéria. Por um momento, lembrou-se da infância. Sua avó contava algumas anedotas malucas de lobisomens saindo em noites de lua cheia para devorar os atributos de belas virgens. Nunca imaginou que ele mesmo pudesse se tornar um tipo daqueles. Seres maculados e esquecidos por Deus.

Olhou para as mãos que se encheram de pelos cinzentos e grossos. Os dedos se alongaram e neles cresceram garras afiadas.

Seu nariz e boca transformaram-se em um focinho repleto de dentes afiados e disformes que não se encaixavam com precisão na bocarra. As órbitas oculares negras como um fosso.

— Homem! Acho melhor você parar de beber e ir pra casa — sugeriu o dono do bar. Benjamin permanecia de cabeça baixa e com as mãos escondidas entre as pernas.

Vertigem e fúria o dominaram. O canídeo levantou.

Com força desmedida e agilidade sobrenatural, agarrou o proprietário pelo pescoço e o arremessou sobre as mesas. Somente três estavam ocupadas. Uma delas, por um rapaz, a outra, por dois pescadores, e a última, pelo casal. O garoto solitário, desatento à situação que se formava, comia um sanduíche. Foi atingido pelo peso do corpo lançado. O impacto foi tão forte que, ao cair no chão de cabeça, perdeu os sentidos. Os pescadores levantaram-se de um sobressalto e, determinados, ameaçaram Benjamin:

— Bêbado estúpido! — disse um deles.

— Vou te ensinar uma lição! — ameaçou o outro.

O casal deixou o estabelecimento o mais rápido possível. Do lado de fora, de uma posição segura, ficaram observando o que aconteceria. Se os pescadores pudessem ver a verdadeira face do inimigo, teriam lambuzado sebo nas canelas para fugir o quanto antes. Um deles soqueou, com um golpe de direita, o nariz do oponente. Benjamin cambaleou, mas manteve-se em pé. Cuspiu o próprio sangue no rosto do sujeito que o atacara e, com fúria, agarrou o insolente como se fosse um boneco de pano, dobrando sua coluna até ouvir o estalo dos ossos. O adversário caiu desmaiado no piso.

— Seu animal miserável! — exclamou o companheiro, sem reação, após presenciar a cena bárbara.

Antes que o outro o atacasse, Benjamin estufou o peito e soltou um ensurdecedor e sonoro uivo que fez estremecer os tímpanos de veranistas e moradores do balneário. Depois disso, disparou do bar em uma corrida desenfreada como se fosse um animal de quatro patas. Parou sobre as dunas de areias brancas que ficavam a algumas centenas de metros do bar. O canídeo farejou algo de seu interesse. Em sua nova forma, tudo o que necessitava para satisfazer seus instintos selvagens era devorar a carne fresca de uma fêmea no período fértil. Avistou um grupo de pessoas sentadas em esteiras conversando ao redor de uma fogueira. Cheirou o odor de feromônio presente em uma mulher. Aproximou-se cautelosamente até que alguém percebeu sua chegada. Um sujeito perguntou o que ele fazia sozinho àquela hora na beira da praia.

— Eu desejo a fêmea! — Benjamin apontou para o objeto do seu desejo e babou saliva pelo canto da boca.

— Seu tarado de merda! — o xingamento partiu do esposo da mulher que de imediato se levantou com a intenção de afugentá-lo. — Cai fora daqui!

O conflito armou-se. Todos os representantes masculinos foram para cima do intruso, enquanto as mulheres ficaram em polvorosa. Um dos sujeitos sacou um canivete e, sem arrependimento algum, enterrou a arma na barriga do intruso.

Benjamin urrou assustando a todos. Não poupou a vida daqueles que o atacaram. Quatro indivíduos sucumbiram dilacerados por dentes e garras invisíveis. Três mulheres conseguiram fugir, mas uma delas, aquela que atraiu seus instintos mais primitivos foi capturada. O monstro fez o que quis. Depois de deleitar-se, arrancou a jugular da vítima com uma mordida

lambuzando-se com o sangue derramado. Deixou-a estirada perto da fogueira.

O pai de família, honesto e trabalhador, conhecido como Benjamin, era controlado por uma possessão sem igual. Nada poderia absolvê-lo dos terríveis pecados cometidos. Nenhuma lei humana seria suficiente para puni-lo de forma adequada. Perturbado por aquelas ações irracionais, quando teve um breve lampejo de razão, entrou no mar procurando por algum tipo de redenção. O mar, talvez, lavasse os seus crimes extirpando-o daquele mal que agora o assolava. A morte mostrava-se como a única solução para os seus atos ensandecidos.

Nuvens pesadas cobriram o céu e o vento minuano ganhou certo destaque. A força da correnteza arrastou Benjamin carregando-o para além da rebentação. Um relâmpago estourou anunciando tremenda tempestade. Ele foi tragado pelo oceano.

2. EXORCISMO

Pesadelos envolveram a mente meio humana e meio animal de Benjamin. Nas águas profundas e límpidas, conheceu os verdadeiros senhores do mar. Nobres arraias inteligentes nadavam soberbas observando o invasor. Lagostas de aspectos nunca vistos antes sopravam instrumentos que pareciam musicais. Podia escutar, provindos daquelas tubas em forma de conchas, sons graves e ritmados. Era como se o tom da música pudesse regular a maré e também avisar que seu reino estava sendo invadido por um estranho abominável. Nem mesmo os tubarões quiseram se alimentar daquela carne maculada, repleta de pecados nefandos.

O canídeo foi capturado por batedores imperiais. Dois polvos gigantescos o espremeram e o imobilizaram com suas ventosas. Sem saber como nem por que, a criatura terrestre não se afogava. Em um agrupamento de rochas dardejadas de estrelas-do-mar vermelhas e corais coloridos, o monstro foi aprisionado. Amarraram-no com poderosas algas inteligentes que não o deixariam escapar sem luta.

Todas as espécies da região souberam da invasão ao reino. As mais curiosas se deslocaram até o cárcere do cão-humano para observá-lo. O líder dos mares do sul saberia o que fazer com o imprudente infrator. Esse pensamento era disseminado telepaticamente pela sábia moreia roxa, uma das conselheiras do fantástico Grande Azul Abissal.

Benjamin desejava se comunicar com os seres aquáticos. Tentou falar com algum deles, mas não conseguiu articular uma palavra sequer naquele ambiente. Percebeu que aquela fauna marítima se expressava bastante através de movimentos. Notou também que mudavam regularmente as cores de seus tentáculos, peles e escamas, para demonstrar uma ideia. O invasor não suspeitava quais eram as intenções daquelas criaturas para com ele. Aguardou impaciente por algum acontecimento especial.

Quando já havia perdido a noção de tempo, percebeu as águas profundas se agitarem. O gigantesco líder daquela região se aproximava. Era um dos mais antigos entre os seus parentes e também um dos maiores. Semelhante a uma comprida serpente, com cabeça de piranha, corpo longo como um comboio de cem vagões, cauda bifurcada com dois ossos afiados em forma de gancho, espantava todos os outros seres aquáticos que estavam diante dele. Como todo rei, também realizava o papel de juiz.

Só ele saberia como proceder com aquela criatura indesejada e incomum que invadira os seus domínios.

Os súditos abriram espaço para que o nobre antigo visse de perto o prisioneiro. Aproximou sua face medonha e virou a cabeça desproporcional de maneira que um de seus olhos encarasse de perto o homem-cão. No fundo daquela mente perturbada, pôde enxergar o espírito do animal de quatro patas que controlava a vontade de Benjamin. Justo como era, o Grande Azul Abissal, decidiu extirpar aquele mal de dentro do primata.

Com pensamentos multicoloridos emanados dos seus olhos de ofídio, convocou miúdos insetos do mar para realizar a tarefa. Eram tão pequenos aqueles seres que, sem um microscópio, não poderiam ser vistos com precisão e nitidez. Possuíam apenas um olho no centro do tronco, dezesseis pernas alongadas repletas de garras que mais lembravam bisturis. Como uma nuvem rosada, milhares deles entraram pelos ouvidos, fossas nasais e pela boca de Benjamin que, impotente, tentava gritar sem sucesso.

Em uma operação de captura, os insetos, bem no fundo da mente do caminhoneiro, localizaram o cão que rosnou e os atacou tentando manter-se firme em sua posição de posse. Porém, era impossível se defender de tantos batedores servos do Grande Azul Abissal. Pressionado pela agilidade cirúrgica dos inimigos, o espectro foi mutilado e arrancado da mente do homem.

Vencida e capturada, a forma etérea do cão aguardou por uma decisão. O líder da região não se considerava um mestre nos domínios dos círculos infernais, a ponto de determinar uma punição adequada para aquele espírito atormentado. Poderia convocar um representante dos círculos para que levasse consigo aquele mal ou o prendesse em uma gruta de pérolas cheia de inscrições herméticas durante algumas décadas.

O Grande Azul Abissal deixou a decisão para o homem. Um pensamento da colossal criatura ordenou que as algas inteligentes soltassem Benjamin. Por telepatia, o sujeito foi capaz de compreender que estava livre e tinha poder sobre o destino do fantasma que o possuíra. As águas profundas e límpidas, de um instante para o outro, tornaram-se turvas e depois escuras como as trevas.

3. RETORNO

De manhã, os raios solares queimavam a face de Benjamin. Seu corpo estava largado na areia quente da praia. Ao acordar, protegeu os olhos da luminosidade com as mãos. Percebeu algumas pessoas ao seu redor e a sirene de uma viatura que encostou quase ao seu lado. Com violência, os policiais arrastaram-no para dentro do camburão. Protestou, perguntando por que o prendiam. Dois deles mandaram que calasse a boca e o espancaram com porretes. Alguns dos ossos do caminhoneiro estalaram quebrando-se com os golpes. Perdeu dois dentes, enchendo a boca de sangue. Quando chegaram à delegacia, jogaram-no em uma cela fria e imunda. O delegado lançou uma cusparada no rosto do prisioneiro que fizera enorme estrago na noite anterior.

Benjamin, deitado no canto da cela, concentrava-se tentando remontar os próprios passos do que fizera nas últimas horas. A dor de cabeça não deixava que pensasse com lucidez. O cheiro de trago exalava por todos os seus poros. Nos lábios,

o gosto salgado da água do mar queria dizer-lhe algo que não conseguia lembrar. Nas narinas, não deixava de sentir o perfume inconfundível de mulher.

No corpo, foi pego de surpresa por um arrepio. Fechou os olhos, com receio de ver um fantasma. Estremeceu em pequenos espasmos, quando percebeu que uma língua áspera lambia suas feridas. Um pensamento feroz e irracional solicitava permissão para torná-lo forte mais uma vez. Na retina, formava-se a imagem da lua cheia. Ela invadia seus pensamentos como um símbolo de primitiva selvageria.

DEVORADORES DE NARRATIVAS

DURANTE O DIA, eu cursava História na universidade federal. Não precisava pagar para estudar, nem para morar. Eu viera do interior e conseguira um quartinho para dormir na casa do estudante, no centro de Porto Alegre. No entanto, para pagar um prato feito, tinha de arranjar um trabalho. Perguntava para os amigos se não sabiam de alguma oportunidade e lia jornal emprestado todos os dias revirando as páginas de empregos. Cada dia que passava sem obter uma função remunerada, minhas economias minguavam e eu ficava mais preocupado. Eis que surgiu uma oportunidade. Naquele momento, qualquer ofício me serviria. Um camarada me disse que a tia dele queria contratar alguém responsável. O sujeito precisava estar disponível durante o turno da noite. Lembro-me de suas palavras como se estivesse conversando comigo neste instante:

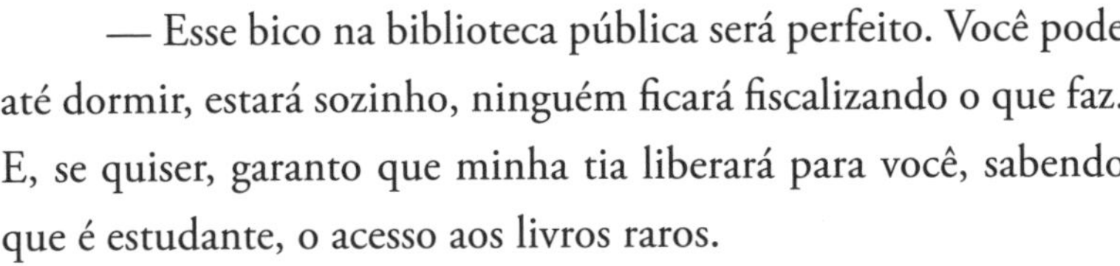

— Esse bico na biblioteca pública será perfeito. Você pode até dormir, estará sozinho, ninguém ficará fiscalizando o que faz. E, se quiser, garanto que minha tia liberará para você, sabendo que é estudante, o acesso aos livros raros.

— Legal!

— Ela me disse que tem um acervo de raridades incrível.

— Pra falar a verdade, eu seria capaz de trabalhar de graça por lá!

— Eu falo isso pra ela.

— Tá, não precisa levar ao pé da letra — eu ri. — Não dá pra viver de vento. Eu preciso da grana. Então, diz logo, qual é o trampo?

— Faz pouco fecharam a biblioteca para reformar.

— Não entendo nada de reformas.

— Não te preocupes, é outro tipo de batente.

— Desembucha!

— É pra trabalhar de segurança. Você entra às dez da noite e sai às seis da manhã.

— Bah, não dá nem tempo de tomar um banho antes de ir pra aula.

— E, por acaso, você é de tomar banho? — ele riu, tirando onda da minha cara.

— Não amola!

— A casa do estudante é na Riachuelo. Bem pertinho da biblioteca. Quer ou não quer o trampo?

— Quero sim — não hesitei.

— Anota aí o celular dela.

No mesmo dia, liguei e fui fazer uma entrevista. A tia do meu camarada simpatizou comigo. Disse que o César tinha falado muito bem de mim, e que eu era um garoto responsável, fato que contava muito para aquele trabalho. Foi enfática ao dizer que a confiança seria fundamental, pois eu estaria cuidando de um patrimônio público de grande valor para a cidade. Comentou que, na verdade, não seria uma tarefa difícil, pois ladrões querem dinheiro e não livros. Riu. Por isso, minha função deveria ser tranquila, mas de responsabilidade, como insistia em repetir. Nos volumes da biblioteca, estava a História de um povo, de uma gente aguerrida e valorosa. Apressei-me em dizer que não precisava se preocupar, eu era estudante de História e sabia desse tipo de valor.

O salário era mirrado, talvez por eu ser um segurança de primeira viagem. Mesmo assim, fiquei entusiasmado com a oportunidade. Na noite seguinte, vesti um uniforme cinza azulado e cheguei no horário combinado. Um senhor de idade avançada me esperava. Ele era o segurança que trabalhava das quatorze até as vinte e duas horas.

— Oi, guri! — ele cumprimentou com a voz cansada. — Vê se não faz bobagem, é só não mexer em nada. O último segurança do turno da noite não durou nem um mês.

Dizendo isso, saiu sem se despedir.

Disse tchau, mas ele não se virou. Fechei a pesada porta dupla de madeira e a chaveei. Atrás de um balcão, havia uma cadeira estofada de couro, com rodinhas. Sentei para averiguar se era confortável. Tratava-se de uma decepção para os meus glúteos magros, eu teria de trazer uma almofada na noite seguinte. Em cima do tampo de madeira, à minha frente, tinha uma minitelevisão. Liguei. Baixei o volume e deixei apenas a imagem para fornecer um pouco de luminosidade àquele ambiente lúgubre.

Todas as lâmpadas no interior da biblioteca estavam desligadas. Apertei o play do meu iphone e o dedilhado da guitarra de Adrian Smith estava lá. Logo comecei a cantar com Bruce Dickinson a canção Fear of the Dark. Admito que estava

contente, na verdade, aquele era um bom emprego, ninguém para me incomodar, somente a música nos meus ouvidos ou o silêncio da biblioteca para relaxar quando eu bem entendesse. Cantei e fiz de conta que tocava uma guitarra imaginária. Eu poderia ter vencido qualquer concurso de air guitar naquela noite.

Assim que a euforia passou, algumas canções depois, resolvi ler um livro do historiador Jacques Le Goff, tinha de estudar para uma prova de História Medieval. Acendi um abajur que repousava sobre o balcão e desliguei a TV. Depois de umas duas horas de leitura, meus olhos fraquejaram. Percebi que o cansaço já tomava conta de mim. Ainda não era uma hora da manhã. O tempo parecia se arrastar. A tia do meu amigo havia me apresentado a biblioteca no dia anterior. Eu tinha circulado por todos os ambientes e possuía até mesmo a chave da seção dos livros raros, caso precisasse entrar lá. Mas, como ela me dissera, somente em último caso eu deveria pisar naquela sala. Liguei a lanterna. Resolvi caminhar um pouco. Circular pela biblioteca durante a noite, sem dúvida, seria muito diferente do que à luz do dia. As sombras dos objetos pareciam adquirir vida própria quando atingidos pelo facho de luz da lanterna. Deformadas e espichadas, naquele ambiente silencioso e livresco, adquiriam um ar espectral.

Primeiro caminhei pelo andar do nível da Rua Riachuelo. Entrei no salão à esquerda da entrada. O piso estava reformado. Não sabia dizer se era igual ao original, a cada passo, eu podia escutar o eco das solas dos meus sapatos. Com a lanterna, iluminei bustos no alto das paredes e do lado oposto às janelas que continham vidros esverdeados. Como tendões de um braço, a fiação aparecia exposta no teto. Mais à direita, havia

uma passagem bloqueada por latas de tinta vazias, uma escada, pedaços de madeira e tijolos fragmentados. Retornei e desci a escadaria que fica ao lado da entrada. Lá embaixo, encontrei mais entulhos e tive a impressão de ver dois olhinhos vermelhos me observando em cima de uma caixa de papelão. O rato ficou me encarando. Era gordo e intimidador. Falei em voz alta:

— Vá em frente, seu idiota. O monstrinho não passa de um roedor acuado.

Depois de xingar a mim mesmo, fui em frente. No fundo da sala, havia um corredor. Segui por ele e entrei em uma nova sala à esquerda, a porta estava aberta. Direcionei a luz da lanterna para o recinto e vi diversas estantes de metal vazias. Logo ao lado, muitas caixas fechadas. Deduzi que deveriam conter livros. Assim, o pó que se espalhava devido à reforma não os atingiria.

Retornei. O rato ainda estava no mesmo lugar. Porém, dessa vez, resolveu dar o fora ao me ver. Correu para trás de uns sacos de cimento. Subi até o nível da Riachuelo. Bocejei. No piso superior, descobri em minha primeira visita, tinham sofás e cadeiras mais confortáveis. Decidi descansar em um desses assentos mais cômodos. Seria bem melhor do que ficar esperando terminar meu turno naquela cadeira dura que ofereciam aos seguranças.

Assim que pisei no primeiro degrau da escadaria, ouvi um ranger preocupante. Parecia que aquela madeira não resistiria ao meu peso. Esse tipo de receio, pensei, é coisa que se dá à noite, quando não conseguimos enxergar direito e não há mais nenhum ruído à nossa volta. Dentro da biblioteca, parecia que o mundo exterior não existia, ainda mais durante a madrugada. Nenhum

barulho vindo da rua conseguia penetrar por aquelas paredes antigas erguidas ainda no século XIX.

Fui até o andar superior. Logo me deparei com uma estátua de rara beleza, à noite, ela era ainda mais bonita. Tudo o que eu não enxergara nela de dia, conseguia ver agora, pois cada sombra presente em sua textura eu complementava com a minha imaginação, vendo com os olhos da mente o que desejava ver. Era uma ninfa e empunhava em suas mãos de dedos delicados uma luminária. Em frente a um antigo chapeleiro e a uma sala fechada que continha livros os quais podia enxergar pelas portas envidraçadas. Segui por um corredor à direita. Encostadas na parede, estavam estantes de madeira, móveis de aspecto rústico, antigo e pesado. Aproximei-me de um desses depósitos literários; em seu interior, repousavam livros grossos e de aspecto centenário. Não resisti. Peguei um deles cuja lombada indicava História do Mundo.

Eu precisava de um lugar para me sentar e folhear o livro. Pressa não era um dos meus problemas. Apontei minha lanterna para a sala ao lado, pois tinha uma porta aberta bem na minha frente. A luz revelou poltronas de estofados altos e, mais adiante, um piano de meia cauda. Deixei o peso do meu corpo cair sobre a poltrona. Gostei daquele lugar. Abri o livro aleatoriamente em uma página qualquer. As letras estavam um pouco apagadas, como se alguma borracha tivesse sido esfregada em cima delas. Mesmo assim, consegui ler alguma coisa. Talvez fosse somente a ação do tempo. No entanto, havia alguma coisa estranha quando eu tocava as folhas, era como se meus dedos tivessem ficado mais sensíveis. Virei outra página, espirrei. Nunca fora alérgico a ácaros. Deveria ter deixado de lado aquele livro, mas tentei ler o que era possível, o que havia sobrado de História naquelas letras desgastadas. Em um dado momento, talvez pelo sono, tive a impressão de não precisar ler mais nenhuma linha, parecia que as palavras podiam se formar sozinhas ganhando vida diante dos meus olhos. Quando pensei em parar, já era tarde. Um sentimento inebriante me inundara. Por um instante, as letras dançaram diante da minha retina, depois se estabilizaram representando não só uma linguagem escrita, mas o significado completo de uma ideia. Enquanto lia a palavra caçador, pensava em muitas histórias e muitas coisas que essa palavra por si só podia significar. Eu não sabia dizer o que estava acontecendo. Cada palavra tornava-se um universo em si mesma. Quando li caçador, por exemplo, senti-me transportado ao tempo em que os neandertais atiravam suas lanças de encontro aos mamutes ou quando os paleoíndios banqueteavam-se com a carne de bisões. Enxerguei os homens domesticando cães que os auxiliavam em caçadas. Vi raposas de pelagem vermelha muito intensa fugindo de nobres ingleses enfadonhos que as perseguiam por simples esporte.

Quando li a palavra guerra, um turbilhão de imagens invadiu minha cabeça. Era tão real que, se eu quisesse, poderia tocar o campo de batalha com minhas mãos. Os guerreiros hoplitas, fora da sua própria época, batiam de frente com os Cavaleiros Templários em uma espécie de disfunção temporal. O exército de Napoleão vencia legiões romanas. Os regimes fascistas corrompiam o mundo. Havia naquilo tudo um cheiro de mercúrio e de metal que me entontecia. A terra maculada tremia diante das granadas; nas trincheiras, balas de metralhadores riscavam o ar. O efeito das armas químicas, do gás mostarda, asfixiava e matava aos poucos quem o respirava. Elmos,

máscaras, capacetes, espadas, rifles, baionetas, escudos, coletes, cavalos, elefantes, tanques, jipes, bandeiras, brasões, estandartes, gemidos, gritos de terror, brados eufóricos, sons de tambores e trombetas, caos, morte e destruição. As imagens, os significados e as palavras agitavam-se em um caldeirão, uma massa informe de pensamentos disparava meu coração e gelava minha alma.

Fechei o livro com violência. Por um momento, pensei que não conseguiria realizar esse ato tão simples. Minhas mãos tremiam. Deixei cair a lanterna que eu colocara sobre o braço da poltrona. Ela rolou pelo chão. De alguma maneira, seu botão interruptor atingiu o assoalho desligando-a. Fiquei no escuro. Talvez fosse melhor assim. A escuridão me ajudara a banir todas aquelas imagens caóticas que haviam penetrado em meu consciente. Durante algum tempo, fiquei parado. Aquelas visões tinham sido tão vívidas que preferia esquecê-las. Quando comecei a me acostumar com a escuridão, tive a impressão de que o livro em minhas mãos possuía uma certa luz própria. Esfreguei os olhos para afastar aquela nova ilusão de ótica. Para minha incredulidade, a luz tênue continuava lá. Era azulada. Mas de um azul quase imperceptível. Podia apostar que, durante o dia, era impossível de ser detectada. Levantei da poltrona e, pela porta aberta, olhei para a outra sala. Na mesma estante em que pegara aquele livro, eu conseguia ver a luz sutil que emanava de outros tomos. Mesmo sem a lanterna, que estava caída em algum ponto da sala, caminhei até chegar aos outros exemplares. Como um viciado precisando do suprimento de sua droga preferida, peguei os livros da estante. Tentei abraçar diversos ao mesmo tempo. Alguns ficaram em meus braços, outros caíram provocando um baque surdo de encontro à madeira.

Sempre gostei de ler, não por acaso, decidira ser professor. Aquela situação, no entanto, já estava ficando um tanto absurda. Ajoelhei-me no chão, abrindo vários livros ao mesmo tempo. Não sei explicar como, mas quanto mais eu me sentia impelido a ler, mais a luz azulada pulsava. Pulsava como se fosse algo vivo. Algo que se alimentava da minha curiosidade. Continuei lendo e lendo e vendo imagens e interpretando significados como nunca fizera antes. A luminosidade azul, agora eu podia ver, tinha aspecto não mais de luz, mas de poeira concentrada. Espirrei outra vez, percebi que aquela poeira entrava pelas minhas fossas nasais, grudava em minha pele, transitava pelos meus pulmões e navegava pela minha corrente sanguínea. As sensações que sentia a cada palavra que chegava ao meu cérebro me atordoaram até que não aguentei e caí. Meu corpo entrou em convulsão.

O segurança do primeiro turno me encontrou paralisado. Com os meus olhos abertos, eu podia vê-lo e conseguia escutá-lo. Ele me sacudiu pelos ombros e perguntou o que havia acontecido. Era inútil, eu não conseguia me mexer. Tive certeza de que havia morrido. Minha alma funcionava, mas meu corpo parecia desconectado, por completo, de qualquer força vital. Não demorou muito, ao menos pela minha vaga ideia da passagem do tempo, para que homens de branco viessem me buscar. Colocaram-me em uma ambulância. Naquele momento, já não conseguia nem escutar. Apenas via os lábios deles se movendo, talvez estivessem falando sobre mim. Um deles preparou algo em um tubo e injetou-me uma substância; deviam estar tentando me reanimar.

O efeito acabou sendo contrário. Eles me condenaram a um momento de escuridão. Mas foi breve. A poeira azulada dos

livros da biblioteca reapareceu. Era somente ela e eu. Começou apenas como um ponto, depois foi se aproximando como uma nuvem. Não se tratava de uma nuvem comum, de resíduos e sujeira. Quando chegou bem perto, consegui ver melhor. Não sei se eram insetos ou aracnídeos. Eram criaturas vivas. Movimentavam-se como ondas regulares, dançavam de forma singela e constante. Possuíam graciosidade em seus movimentos. Ao mesmo tempo, eram bizarras, coisas de outro mundo, como eu nunca vira antes. Na cabeça minúscula, tinham inumeráveis trompas e dois olhos vítreos. O exoesqueleto repleto de pelos e doze pernas curtas que mexiam sem parar. Estavam dentro da minha cabeça. Não tive dúvida disso. Com as trompas malditas e as pernas asquerosas, começaram a arranhar meu cérebro, iam bem fundo, devoravam minhas lembranças sem pedir licença, assim como devoravam a tinta das palavras que consumiam nos livros. Entendi que, para aquelas criaturas, não bastavam somente os livros. As obras literárias eram apenas um tipo de narrativa da qual se alimentavam. Sua voracidade exigia também a história de sujeitos vivos. Desejei gritar com todas as minhas forças tal o horror da experiência a qual estava sendo submetido.

Podia sentir meu cérebro sendo devorado aos poucos, sem chance de defesa. Meu corpo não se mexia, estava duro como se fosse de pedra. Tive a sensação de que, pela minha boca, escorria saliva. O desespero de sentir aqueles invasores em meu âmago fez com que eu perdesse os sentidos totalmente.

Sem saber quanto tempo se passara, abri as pálpebras com dificuldade. Não vi nada além de escuridão e um silêncio absoluto. Percebi que eu estava deitado sobre uma superfície dura, lisa e fria. Mexi uma das mãos com uma vagareza tremenda.

Toquei meu próprio corpo, só aí percebi que estava nu. Levantei o braço, o qual bateu contra algo metálico um pouco acima do meu peito. Logo notei que estava preso em uma caixa de formato retangular. Comecei a me debater lá dentro; mesmo sem sentir muitas forças em meu corpo debilitado, chutei, soquei as paredes que me prendiam.

De alguma maneira, minha luta surtiu efeito. Senti um movimento brusco, como se algo tivesse me puxado pelos tornozelos. Mas era apenas uma sensação. Um segundo depois, estava livre. Os idiotas achavam que eu tinha morrido, só porque perdera a consciência. Haviam me depositado em uma gaveta de necrotério. Levantei com dificuldade do meu mórbido leito e coloquei os pés descalços no chão. No escuro, era difícil enxergar direito, mas de alguma forma conseguia perceber o mundo com uma certa luminosidade azulada.

Girei o trinco da porta, por sorte não estava trancada. A luz do corredor incomodou a minha visão. Segui pelo corredor, sem saber aonde exatamente eu chegaria. Cambaleando, trôpego e me batendo contra as paredes, vi atrás de um balcão uma enfermeira. Tentei dizer algo, minha língua não funcionou. Estava grogue, mole, não correspondia à minha vontade. Minhas conexões neurais pareciam perfeitas, mas alguma coisa não funcionava corretamente. Da minha garganta, manifestaram-se grunhidos, ruídos guturais.

A mulher se virou para ver quem se aproximava e deve ter enxergado um monstro, algo horrível mesmo, pois seu grito era de pavor. Chegou a ferir meus ouvidos. Olhei para trás e não vi nada além do corredor. Seus gritos continuaram enquanto fugia em desespero. Eu podia sentir o aroma fresco dela, cheirar

as inúmeras histórias que provinham de seus olhos, de sua boca, de seu coração. Poderia devorar cada experiência quando colocasse meus dentes naquela carne. Fui em sua direção, menos cambaleante e mais convicto.

— Pare! — escutei.

À minha frente, estavam dois policiais apontando pistolas para mim. Aquilo não me intimidou. Corri na direção deles. Eles apertaram os gatilhos de suas armas. As balas não me incomodaram mais do que insignificantes mosquitos. Pulei sobre os dois com forças renovadas, animado por devorar narrativas. Minhas bocas de tubos sugaram o sangue como vitamina. Comecei a entender que, assim como os livros, cada pessoa tem a sua própria história e é saborosa demais para ser desprezada.

In: Tu Frankenstein II. Porto Alegre: BesouroBox, 2014, p. 91-105.

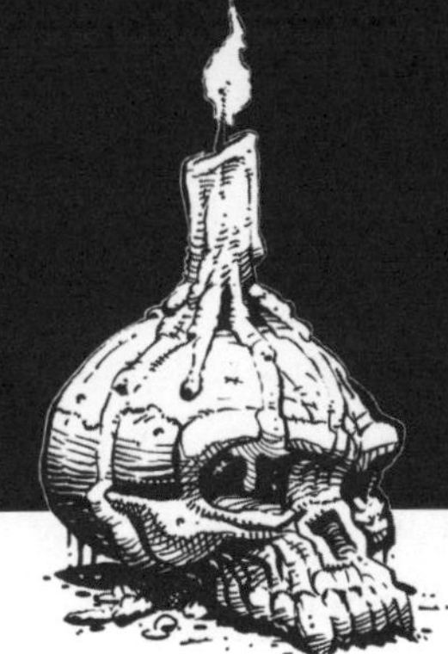

A TURMA DE BIOLOGIA

1. PREPARATIVOS

Os veteranos da biologia colaram cartazes nas cercanias da faculdade uma semana depois do início das aulas. Divulgavam uma festa para receber os calouros agraciados com a vaga na universidade federal. Juca, Paulo, Jair e Janete foram os principais organizadores do evento.

Jair chegou cedo ao prédio da biologia. Subiu a escadaria externa, tirou um molho de chaves do bolso e colocou uma delas na fechadura, permitindo o acesso a um corredor. Seguiu pelo caminho pontuado por diversas portas até atingir o salão do diretório acadêmico. No recinto desbotado, que não recebia verba federal para pintura já fazia algum tempo, abriu as janelas para arejar o local. Ligou os refrigeradores e o rádio. Sintonizou o dial na FM mais rock da cidade. Arrastou os sofás para os cantos aproximando-os das paredes. O pessoal precisava de espaço para dançar. Quando pegou a vassoura para limpar um pouco da sujeira e o pó que se acumulava no piso, começou a tocar uma música do *Stones*. Cantou *Satisfaction* e dançou

tentando imitar Mick Jagger. Estava empolgado com o evento daquela noite.

Precisava verificar se havia papel higiênico nos banheiros. Lá foi ele menos animado do que antes para cumprir tal tarefa. Torcia para que estivessem limpos. Saiu do salão por uma porta contígua e entrou em outro corredor. Lá tinham duas portas que correspondiam, respectivamente, ao banheiro masculino e ao banheiro feminino. Mais adiante, havia uma escadaria que conduzia para o andar inferior. Chegando ao banheiro masculino, ouviu um estrondo da velha descarga da privada. De dentro de um dos cubículos, despontou o raquítico e branquíssimo Marco. Fechava o zíper da calça.

— Bah, Marco, que susto! O que você faz por aqui a essa hora da manhã de um sábado?

— Não me amola! – disse Marco enquanto afivelava o cinto.

— Que humor do cão! Algum bicho te mordeu?

— Não tenho tempo para você. Preciso trabalhar.

Marco passou ao lado de Jair esbarrando no ombro dele.

— Deixa de ser estúpido, cara! Como é que você entrou aqui? Você não é do diretório acadêmico. Como é que conseguiu a chave?

O colega o deixou sozinho e sem resposta. Jair o ameaçou em voz alta para que ele o escutasse:

— Juro que, se eu não estivesse de bom humor, dava um sopapo nessa sua cara de bunda! Bicho do mato!

Depois de conferir se o banheiro estava em condições de uso, Jair retornou ao salão. Murmurou para si mesmo ainda pensando no mal-educado do Marco:

— Nerd maluco! O que será que ele tá aprontando? Ninguém aparece nessa faculdade para trabalhar em um sábado. Ah, eu descubro mais tarde. Descubro sim — parou de resmungar e voltou a prestar atenção no som do rádio.

A limpeza do estudante foi superficial, não queria se desgastar à toa. Provavelmente, Juca e Paulo se divertiam comprando bebidas enquanto distribuíam folhetos da festa para garotas. Tinham de comprar cervejas, refrigerantes e algumas garrafas de destilados. Além de salgados prontos, caso alguém quisesse comer por um preço módico. Utilizariam o lucro para ajudar nas despesas da formatura da turma que aconteceria no final do semestre. Jair sentou em um dos sofás pronto para descansar da tarefa que considerava árdua quando chegaram ao salão Juca e Paulo carregando caixas de cerveja.

— Que moleza, *brother*! Dá uma mão aqui! — solicitou Juca ao avistar o colega sentado sem fazer nada.

— Moleza nada. Dei uma geral no salão — Jair continuou sentado. — E aí, Paulo! Você convidou a Alice?

— Convidei sim. Mas te liga. Ela não é pro teu bico. A mina tá na minha faz um tempo.

— E a Carmem, vem com ela? — aproveitou para perguntar Juca.

— É provável. Aquelas duas andam sempre juntas.

— Até demais. Será que não são lésbicas? — Jair riu.

— Só porque nenhuma delas te dá bola, você fica azarando nossa história — disse Paulo evidentemente irritado.

— Eu não me importaria. Isso é só um detalhe. Eu pegava as duas ao mesmo tempo — Jair apertou as próprias bolas e gargalhou se achando muito engraçado.

— Você não pega nem resfriado! Ajuda logo com isso aqui! — solicitou Juca.

— Farei algo melhor. Olha só — mostrou para os amigos um pacotinho com fumo. — Vou fechar um pra nós.

2. ANTES DA FESTA

As portas para a festa só seriam abertas às dez horas da noite. Naquele momento, Jair olhou no celular, marcava dezenove horas. Por causa do horário de verão, ainda era dia. O entardecer parecia demorar a acabar.

As cervejas já estavam geladas e as meninas vieram para ajudar com os últimos preparativos. Carmem e Alice chegaram juntas. As duas vestiam saias minúsculas e blusas que jogavam seus atributos quase para fora. Logo em seguida, chegou Janete, usando calça jeans, tênis e uma camiseta colorida.

— Olá, pessoal! — cumprimentou Janete.

— Oi, Janete! Passa a chave na porta. Não queremos ninguém antes da hora entrando aqui — a garota fez o que Paulo pediu.

Sentaram nos sofás espalhados pelo salão e abriram algumas garrafas de cerveja. Jair acendeu um baseado.

— Hoje de manhã, encontrei "O Nerd dos Nerds". Ele estava perambulando aqui no banheiro de cima.

— O Marco? — perguntou Janete.

— Sim. Quem mais? Fiquei com vontade de dar um sopapo nele para ver se acordava. O cara é um antissocial.

— Deixa de ser grosso, Jair!

— Fiquei curioso pra saber o que ele fazia por aqui naquela hora da manhã. Apenas disse que tinha de trabalhar.

Alice fez um comentário:

— Já me falaram que ele entende tudo de anatomia — a garota deu uns risinhos maliciosos.

— Não de corpos vivos — completou Carmem. As garotas riram juntas.

— Será que ele ainda está no prédio? — perguntou Juca.

— Vamos procurá-lo! — sugeriu Paulo.

— A essa hora, ele deve estar em casa estudando — conjecturou Janete.

— Do jeito que o cuzão de ferro do Marco é resistente, aposto que ele ainda está circulando por aí em algum canto escuro. Eu topo procurar por ele para aprontar alguma! — Jair colocou lenha na fogueira.

— Eu não vou sair daqui! — disse Janete.

— Vem... Não vamos fazer nada demais... Confie em mim — Jair estendeu a mão para ela.

— Olha o que você vai fazer, hein! — Janete decidiu acompanhá-lo, pois tinha uma quedinha por sujeitos que gostavam de rock.

Os dois levantaram do sofá.

— Vem comigo, Alice? — Paulo a convidou.

— Eu vou ficar. Quero preparar uma *Cuba Libre*.

— Posso beber com você? — perguntou Carmem.

— Faço a bebida que você quiser — disse Alice.

Paulo deu de ombros sentindo-se rejeitado e começando a acreditar na teoria do Jair. Juca, ao constatar que Alice e Carmem não os acompanhariam naquela jornada, também decidiu permanecer no salão. Talvez ainda tivesse alguma chance de conquistar o seu alvo. Somente três dos colegas deixaram o

recinto e desceram as escadarias que davam acesso ao inferno de horrores particular do nerd.

3. NECROTÉRIO

Desceram as escadas. A parca luminosidade do final do dia não entrava no interior do prédio. Ao chegar ao andar térreo, Jair apalpou as paredes até encontrar o interruptor. Luzes fracas iluminaram o corredor sem janelas. Lá embaixo, ficavam trancafiados os cadáveres utilizados nas pesquisas de alunos e professores.

— Pelo que sei, esse andar está vetado para qualquer um de nós. Estudantes não deveriam pisar aqui nos finais de semana — disse Janete. — Pensando bem, talvez seja melhor voltar. Não quero ser expulsa logo agora que estou a ponto de me formar.

Aos sábados e domingos, era proibida a circulação de alunos naquela área do prédio, raros eram os professores que iam ao local nos finais de semana.

— Só um desocupado como o Marco invadiria essas salas em horário não autorizado — falou Paulo.

— Ou nós! — concluiu Juca.

Passaram por duas portas até chegarem diante de um vidro retangular que permitia ver o interior de uma das salas. Lá dentro, o escuro dificultava o discernimento de pequenos objetos. Era possível enxergar macas ocupadas por corpos inanimados, estantes e arquivos de metal que se misturavam com os reflexos dos três estudantes no vidro. Uma plaqueta de metal grudada na porta informava: Necrotério. Paulo girou a maçaneta e a abriu para que pudessem entrar.

4. CORPO FRESCO

Não seria o energúmeno do Jair que atrapalharia seus planos. Hoje mesmo testaria a nova substância em uma de suas cobaias. Ontem havia entrado um corpo fresco no necrotério. Uma garota que morrera de parada cardíaca. Era ideal.

Marco acelerou os últimos detalhes do procedimento que pretendia realizar. O final da tarde avançava quando saiu de seu laboratório carregando uma pasta de metal com aparelhos cirúrgicos. Dentro deles, havia um tubo com o líquido químico que produzira. Nem mesmo os professores desconfiavam do seu ambicioso projeto. O estudante imaginava-se sendo ovacionado pela academia e ganhando um prêmio Nobel depois de revelar ao mundo a sua criação.

Entrou na sala que acondicionava os corpos. Seis defuntos jaziam inertes em suas camas de metal. O corpo fresco da garota ocupava a última maca, bem no fundo do recinto. Colocou sua pasta sobre uma mesa de rodinhas. Para se encorajar, Marco pegou em um bolso de sua camisa branca uma caixa de remédios. Abriu a cartela e jogou para dentro da boca uma série de comprimidos. Engoliu-os a seco, só com a ajuda da própria saliva. Ajeitou os cabelos desgrenhados que insistiam em cair sobre a testa e os óculos fundo de garrafa.

Destravou a maleta. Olhou para seus instrumentos de trabalho e fitou o corpo falecido. Não passava de um vaso sem viço, sem energia vital pulsando nas veias. Em vida, tinha sido uma pessoa marginalizada, acostumada à mendicância e ao uso contínuo de drogas baratas. Marco tirou os óculos embaçados e os limpou com a ponta da camisa. Colocou a armação no rosto

e depois deu um beijo rápido nos lábios frios daquela coisa que mais se assemelhava a um plástico endurecido de coloração sutilmente amarelada.

Em seguida, preparou uma seringa com o líquido que estava aperfeiçoando ao longo dos últimos meses. Na caixa craniana daquela Valquíria esmaecida, exatamente no espaço entre os olhos, afundou a agulha grossa e comprida. Esvaziou todo o conteúdo do instrumento na cobaia.

Feito um febril Herbert West, aguardou. Olhava os ponteiros do seu relógio de pulso de forma impaciente. Os segundos pareciam demorar uma eternidade para andar.

— Acorda! — berrou como um louco.

Enlouquecido pelo fracasso, Marco encheu mais uma seringa com o líquido e aplicou o conteúdo em outro cadáver. Depois repetiu o processo injetando sua criação química nos restantes. Para aplacar sua ansiedade, ingeriu mais alguns comprimidos. Seus olhos estalaram esturricados devido ao efeito da droga. Voltou até a maca de sua primogênita. Levou um susto quando percebeu que as pálpebras da garota abriram-se. Os olhos estavam vidrados. Não se movimentavam. Marco bateu com força, de punho fechado, no peito dela. Tentara obter uma reanimação completa do corpo com aquele ato desesperado. Continuou observando sua cobaia e nada mais aconteceu. Ficou pensando qual teria sido o seu erro. Devia ter se equivocado de alguma maneira. Ter trocado uma composição, uma medida, ainda não sabia. Precisava verificar. Derrotado, organizou sua maleta. Antes de sair, em direção ao seu laboratório, disse mais para si mesmo do que para os cadáveres:

— Volto logo!

5. VÍCIO

Andressa flutuava em uma espécie de escuridão uterina. Sua memória estava guardada no canto mais remoto do pensamento. Não sentia nada além do vácuo caótico embalando seus sentidos mais primitivos. Dançava sem dançar, nadava sem nadar, caminhava sem caminhar e chorava por algo perdido no tempo e no espaço. Não sabia mais o que era ou o que tinha sido. Talvez fosse nada ou apenas um peixe cego vagando nas profundezas abissais do oceano imperscrutável. Sem nome, sem forma, sem destino, bailava ao bel-prazer da inconsciência tenra. Aquele lugar inóspito purificava aquela alma perdida no breu. Sem explicação e sem avisos, algo ardeu em seu âmago, uma sensação inexplicável de vício a invadiu. Esse elemento desconhecido passou a correr frenético por seu interior despertando fome. Fome voraz de suprir suas entranhas do sabor daquilo que a inundava.

Os olhos de Andressa foram banhados por uma luminosidade opaca. Tudo o que viu foi um garoto com a cara cheia de espinhas observando-a. Sua expressão era de ansiedade. Tentou gritar, mas não conseguiu. Em seguida, sentiu a dor de uma implacável pancada no peito. Mesmo assim, não reagiu ao golpe. Seus sentidos auditivos já funcionavam bem. Recuperados, ela escutou uma voz sentenciosa:

— Volto logo!

Contudo, teve dificuldades em compreender o que aquelas palavras significavam, denunciando um cérebro danificado.

6. REANIMADOS

Paulo foi o primeiro a entrar no necrotério, seguido do Jair e depois da Janete que vinha agarrada ao braço do colega.

— Formol! Sempre achei um cheiro horrível — reclamou a estudante.

— O perfume da morte — brincou Paulo.

Caminharam pela sala olhando os corpos. Um deles estava aberto na barriga.

— Prefiro ser cremada.

— Eu também — Paulo solidarizou-se com a colega.

— Olha só! — Jair apontou para o corpo de uma mulher jovem. Sua voz denotava preocupação.

— O que foi? — perguntou Janete alarmada olhando na direção indicada.

— Ela mexeu a mão.

— Não seja idiota, Jair! Se você quer assustar alguém, espera pela chegada dos calouros. Nesse escuro, não dá nem para enxergar direito — irritou-se Janete.

— Eu juro, eu a vi se mexer. E se não estiver morta?

Antes que Janete pudesse disparar um xingamento adequado, o corpo de Andressa tremeu em violentos espasmos no leito frio. Os amigos se agarraram em um movimento instintivo de proteção. O corpo parou de se debater. Durante alguns segundos que pareceram eternos, o cadáver sentou-se na maca e depois desceu, ficando em pé bem diante dos três. Em estado de choque, Janete e Jair permaneceram calados. Paulo, por sua vez, soltou-se do abraço dos amigos e gargalhou. Depois bateu palmas:

— Jair, meus parabéns, cara! Por um momento, meu sangue gelou. Essa história de procurar o Marco para nos dar esse susto foi fantástica. Vamos assustar os novatos também? Eles vão adorar o show de horror!

— Não se trata de um show para vocês se divertirem — disse Marco posicionado na soleira da porta.

— Você é o responsável por isso? — Jair apontou para a reanimada.

— Sim — respondeu com evidente satisfação.

— Onde você a arranjou? — Paulo perguntou para Marcos. — Admiro a sua coragem de ficar nua. Você é do teatro? — desta vez, a pergunta era para o cadáver ambulante.

Não houve resposta. Somente um braço lento se estendendo na direção de Paulo e um caminhar vagaroso de aproximação. Marco assistia maravilhado ao sucesso de sua experiência macabra. Repentinamente, os outros corpos, um a um, passaram a ter espasmos violentos sobre as macas.

— Todos são atores! Impressionante! Você é um gênio, Marco! Desculpe qualquer desentendimento entre nós — Jair se aproximou do nerd e o cumprimentou dando uma tapinha amigável no ombro dele. Sem hesitar, Marco empurrou a mão do colega.

— Calma, cara. Já pedi desculpas. Vamos pregar o maior susto nos calouros.

Andressa agarrou Paulo. Seus dedos apertaram a jugular do estudante com uma força descomunal, furando a pele. Depois disso, como um animal feroz, cravou os dentes em seu pescoço fazendo o sangue espirrar.

Janete gritou histérica. Dois reanimados levantaram-se de

suas tumbas de metal. Um deles agarrou a estudante pelos cabelos impedindo que pudesse fugir do necrotério. O outro pulou sobre Jair. Um terceiro e um quarto também se levantaram juntando-se à carnificina proporcionada pelos companheiros. Ainda havia um último que, ao se levantar, correu na direção de Marco que observava o festim com a frieza de um iceberg.

O nerd teve tempo de fechar a porta e chaveá-la.

7. BEIJO

No andar de cima, Juca e as duas garotas bebiam o drink preparado por Alice. Carmem aumentou o volume do aparelho de som. Tocava Metallica. Os três começaram a dançar bem próximos uns dos outros enquanto cantavam *Enter Sandman*. Por iniciativa de Alice, começou um beijo entre o trio. Quando pararam de se tocar, Juca viu uma figura mancando na direção oposta à deles. O seu maior sonho começava a ser interrompido para virar um verdadeiro pesadelo.

8. A FRAGILIDADE DO VIDRO

Depois de chavear a porta, Marco acompanhou, através do vidro, cada movimento dos canibais. Com força descomunal, os reanimados desfiavam dos ossos a carne e chupavam a vitamina sanguínea dos mutilados estudantes. O nerd não se lamentou uma única vez pelos colegas. A ciência havia atingido o seu ápice. Isso era mais importante do qualquer outra coisa. Com a sua fórmula milagrosa, a morte não seria mais um enigma e uma condição irreversível. Já tinha descoberto como fazer um falecido

retornar à vida. Agora precisava saber como restabelecer também a inteligência dos ressuscitados. O seu nome seria lembrado e escrito na História da humanidade para não ser mais apagado.

Andressa foi a primeira a parar de se alimentar. Estava ajoelhada. Olhou pelo vidro e encarou Marco que os observava. Levantou-se. Seu caminhar já não era tão trôpego quando do momento em que sua energia vital fora restabelecida. Deu um soco no vidro. Marco se afastou um pouco apreensivo. Os outros canibais escutaram o golpe dado pela reanimada. Pararam de mastigar e levantaram-se rumando na direção dela, enquanto encaravam o nerd.

Um dos cadáveres ambulantes, o mais pútrido e de coloração esverdeada jogou o próprio corpo de encontro ao vidro que se partiu em dezenas de estilhaços. O monstro se estatelou no chão tendo a carcaça cravejada por cacos afiados. Marco foi atingido por uma seta triangular do material que se alojou na coxa de sua perna direita. Somente a dor o tirou do transe psicótico em que estava mergulhado. Berrou e subiu o mais rápido que pôde a escadaria que levava até o salão. O pedaço de vidro penetrou ainda mais fundo em sua carne. Liderados por Andressa, os reanimados foram em seu encalço na velocidade lenta que os corpos de funcionamento limitado permitiam.

9. COMBUSTÍVEL

O nerd chegou ao salão. Viu três dos seus colegas dançando. Mas não se importava com eles. Apenas queria sair do prédio. Girou o trinco da porta. Estava trancada. Praguejou. Sua perna latejava como se estivesse em chamas.

— Marco! — chamou Juca preocupado ao constatar o rastro de sangue que acompanhava o estudante.

— Precisamos sair daqui agora.

Carmem percebeu o ferimento na perna dele e perguntou assustada:

— O que está acontecendo? Você está sangrando muito!

— Onde estão o Paulo, o Jair e a Janete? — quis saber Alice.

— Mortos! E nós também estaremos se não sairmos logo do prédio.

— Não brinca, cara! Onde estão eles? — insistiu Juca.

— Você é surdo? — indignou-se o nerd. — Quem tem a chave?

— Eu vi a Janete guardá-la no bolso da calça — Carmem respondeu.

— Esquece! Resta a janela.

Antes que Marco pudesse completar sua fuga, atrás dele surgiram os seis reanimados. Os gritos de Alice e Carmem foram ensurdecedores. Quase desmaiaram quando presenciaram diante de si aquelas criaturas provindas do inferno. Nenhum dos colegas conseguiu escapar. Foram estripados vivos. Um banho de sangue lavou o salão. Somente quando o efeito da droga se dissipou, os ressuscitados pararam de mastigar. O combustível que os animava fora gasto completamente.

Um pouco antes da meia-noite, a polícia invadiu o local. Fora alertada por estudantes indignados que haviam comprado ingresso e não conseguiam acesso ao diretório acadêmico. O delegado, ao entrar no salão, ficou em choque. Nunca tinha visto tamanha barbárie. Nas horas seguintes, sem saber exatamente o que dizer para a imprensa, omitiu as informações mais bizarras. Um professor chamado para o reconhecimento do que sobrara dos cadáveres encontrou os estudos do jovem nerd. Até hoje, ele guarda em um escaninho do seu escritório as peculiares anotações do estudante.

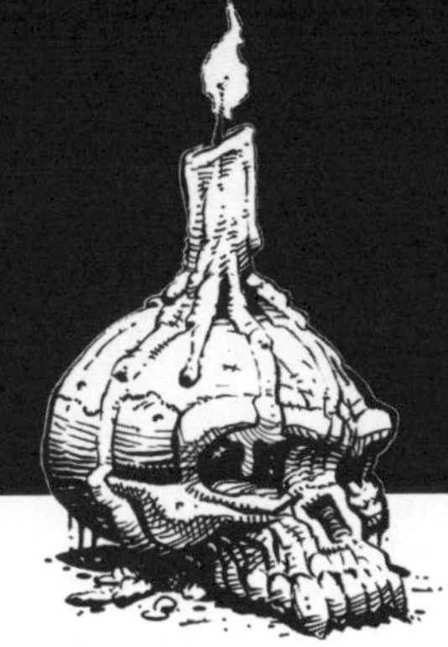

TREZE

O SUJEITO ERA O DÉCIMO TERCEIRO FILHO. Foi o último de um casal de agricultores que vivia em uma região rural. A família plantava arroz. Quanto mais braços para a colheita melhor, dizia o pai. No entanto, não foi um filho desejado. A mãe tentara parar de ter rebentos muito antes da chegada do sétimo, mas não parecia possível, era mais fértil do que qualquer mulher da comunidade. Línguas afiadas disseram que, depois do décimo segundo, o próximo seria impossível evitar. O estigma do azar estava lançado sobre todos.

Para amenizar o peso que se abatera sobre a família e o menino, batizaram-no de Ezequiel. Para os entendidos, significava o Poder de Deus. Com isso, a mãe tentava se convencer de que ele estaria protegido pelo todo poderoso. O menino não teve uma infância fácil. Na única escola da região, era vilipendiado pelos colegas. Mesmo sem muitos recursos, a família contratou um professor particular para Ezequiel, a única criança da casa. Entenderam que ele precisaria seguir uma vida diferente. Devia abandonar aquela sociedade quando chegasse à fase adulta. Para isso, necessitava estudar mais do que qualquer

outro e ter uma profissão longe do campo. Só assim viveria uma vida normal.

Logo que atingiu a idade apropriada, ingressou na universidade federal obtendo as melhores notas. Foi morar na Casa do Estudante, bem no centro da capital gaúcha. Consigo, levou uma mala com algumas peças de roupas básicas e alguns apetrechos que considerava indispensáveis. Um deles, uma ferradura que logo pregou atrás da porta do quarto que dividiria com um colega, o outro, um pé de coelho que balançava em uma corrente ao redor do pescoço, e o terceiro, uma muda de trevo-de-quatro-folhas que não demorou a plantar em um vaso que deixara no parapeito da janela.

No quarto, havia duas camas, dois roupeiros médios, duas escrivaninhas, duas cadeiras e dois abajures. O colega, sentado na própria cama, depois de arrumar seus pertences, começou a dedilhar o violão que trouxera. Estavam se conhecendo naquele primeiro dia em que chegaram ao prédio administrado pela universidade. A superstição de Ezequiel chamou a atenção de Vítor:

— Você não acha que essa ferradura ficou estranha na porta?

— Não. Ficou ótima ali — Ezequiel sentou em uma cadeira enquanto abria um livro.

— Seu gosto estético não parece muito aprimorado. Seria melhor colocar uma fotografia de mulher pelada. Não acha? — o rapaz perguntou rindo.

— Uma fotografia não nos ajudaria a afastar os maus espíritos. Isso é um amuleto.

— Você tá de brincadeira comigo! — Vítor riu ainda mais.

— Não. Não estou. O ferro pode ferir espíritos, por isso eles não se aproximam. Ter um objeto desses na porta do lugar em que se mora é o mesmo que dizer que o nosso corpo está fechado para o mal.

— Cara, de onde você veio? Até parece que é de outro tempo. Seu pensamento é medieval. Não é mais possível que alguém acredite nessas bobagens!

— Cada um acredita no que quer. Vivemos em um país livre — irritou-se Ezequiel.

— Tá bom — Vítor deu de ombros. Em seguida, começou a cantar uma canção enquanto tocava o instrumento com visível conhecimento musical.

— O que é isso? — o garoto do campo fechou o livro. Parecia impressionado com a música.

— Caramba, meu! De onde você é? Parece de outro planeta. É Beatles.

— Na minha comunidade, não escutavam esse tal Beatles.

— Dá para perceber. E não chama o Beatles de tal. É uma banda de rock. A melhor do mundo para muita gente.

— Entendi — envergonhado, foi tudo o que conseguiu dizer.

— Vou aproveitar para te dar um conselho. Se quiser se integrar ao mundo real e algum dia ter uma namorada, você precisa se atualizar. Primeiro tira esse pé de coelho do pescoço, cara. É ridículo!

— Não posso.

— Então já era. Vai ser virgem a vida inteira — Vítor se divertiu com a observação.

— Quem disse que eu sou virgem?

— Tá na sua cara. Não precisa dizer.

O rosto de Ezequiel queimava de vergonha. Preferiu continuar falando sobre o pé de coelho, em vez de enveredar para um assunto que considerava tabu.

— Preciso do amuleto em volta do pescoço. Ele me protege.

— Protege do quê?

— De qualquer coisa que possa me fazer mal.

— Então é melhor que você não saia mais desse quarto. Lá fora, tá cheio de gente que quer comer o nosso fígado, passar a perna, levar vantagem, ser melhor do que nós. Não vai ser essa coisa aí que o protegerá. Pode ter certeza.

— Você não entende. Existem coisas que não somos capazes de enxergar. Mas elas não deixam de existir somente porque não as vemos. Eu mesmo confeccionei o amuleto. Deixe-me contar. Comprei o roedor de um criador da região. Em uma noite de lua cheia, visitei o cemitério do nosso vilarejo e cortei a pata do animal derramando o seu sangue sobre o túmulo dos meus ancestrais. Desde então, sou protegido pelo espírito que está presente neste pé.

— Pode parar com essa conversa. Não acredito em uma palavra do que você disse. Aposto que comprou em uma banca brega de camelô.

— Acredite se quiser. Não posso obrigá-lo!

— Não sou fácil de assustar, meu irmão.

— Não pretendo assustá-lo. Só disse a verdade.

— Você poderia escrever. Por que não se torna escritor? Criatividade não lhe falta.

— Vou estudar Filosofia. Não me interesso por ficção.

— Você é um cara estranho mesmo. Colocou até um vaso com plantinha na janela. Só mulheres fazem isso.

— Não seja preconceituoso. Não se trata de uma planta comum, é um autêntico trevo-de-quatro-folhas. Serve para filtrar as energias negativas.

— Aí, já é demais. Nunca vi um cara tão supersticioso como você.

— É minha natureza. Não posso evitar.

— Como pode ser tão arcaico? Você vai queimar meu filme. Qual garota vai querer entrar aqui sabendo que eu divido o quarto com um maluco?

— Não sou maluco. Apenas tive o azar de ser o décimo terceiro filho dos meus pais.

— Só pode ser outra mentira, não é?

— Não. Não é mentira — falou cabisbaixo.

— É. Acho que isso é azar de verdade — o tom não era de complacência.

— Tô cansado. O dia foi pesado. Vou dormir.

— Ainda não, meu. Vamos arrastar um dos roupeiros e colocar no espaço entre as camas. Assim teremos mais privacidade.

— Já é mais de onze horas da noite. Estou exausto. Fazemos isso amanhã — Ezequiel levantou-se para desligar a luz.

— Tá. Você é quem sabe. Mas vou deixar meu abajur ligado. Gosto de ler um pouco antes de dormir. Só me diz uma coisa... Você tem mesmo doze irmãos?

— Tenho.

No primeiro dia de aula, no turno da tarde, Ezequiel percebeu o olhar dos colegas sobre ele. Os risinhos e os cochichos das pessoas que ainda não conhecia. As garotas pareciam ser

aquelas que mais se divertiam. Ele só ainda não sabia por quê. Mas logo compreendeu em um dos intervalos entre as aulas. Depois de beber água, em um bebedouro, quase deu de cara com um colega que tinha um cigarro na boca.

— E aí, tem fogo, Treze?

— O quê? — não queria aceitar o que tinha ouvido.

— Perguntei se tem fogo, Treze!

— Meu nome não é Treze!

— Agora é.

— Quem disse?

— Eu e toda a turma.

Três colegas encostadas na parede do corredor escutavam a conversa entre os dois. A tinta descascada dava um aspecto de desleixo ao prédio. As garotas deram risinhos abafados.

Ezequiel encheu os olhos de lágrimas. Eles não podiam lhe dar aquele apelido horrível. Tinha deixado a zona rural para fugir do complexo do nascimento que o perseguia. Não deixaria que o vissem chorar de pena de si mesmo e de raiva deles. Não podiam concluir que ele era um fraco. Sujeito sem sorte. Começou a correr pelo corredor procurando a saída mais próxima.

Um sujeito corpulento estendeu a perna diante dele enquanto tentava fugir. Tropeçou voando atabalhoadamente ao chão. Todos os que presenciaram a cena riram. Em seguida, gritaram bem alto o seu novo nome diversas vezes:

— Treze, Treze, Treze, o azarado. Treze, Treze, Treze, o azarado.

Durante toda a vida, tivera um nome protetor. Agora o havia perdido para sempre. Aqueles rostos que debocharam dele permaneceram em sua memória como verdadeiros monstros. Não sabia se algum dia conseguiria voltar para assistir a qualquer aula naquele lugar.

Quando deixou a universidade, foi direto para o apartamento. Sentia-se um trapo por toda a vergonha que havia passado. Jogou-se na cama, acendeu o seu abajur e, quando olhou para a porta, seu coração disparou. A ferradura não estava mais lá. Dirigiu seu olhar para o parapeito da janela e não encontrou o trevo-de-quatro-folhas plantado no vaso. Todas as suas defesas espirituais tinham sido roubadas. Seu nome próprio fora aniquilado e trocado, pela sociedade estudantil, por um apelido maldito. Entrou em desespero.

Mesmo sendo noite, precisava encontrar uma nova ferradura. Levantou-se determinado a não desistir, não se renderia ao azar, mas, antes que pudesse abrir a porta, escutou o barulho de algo espatifar-se no chão. Com o coração quase saltando do peito, agarrou com todas as forças o pé de coelho que ainda estava em seu pescoço. Virou-se devagar, tremendo, enquanto olhava para o chão, sem erguer o olhar. No piso, viu o vaso de cerâmica quebrado, a terra espalhada. Com o pouco de coragem que lhe restava, levantou a cabeça. Enxergou a coisa de cócoras sobre o parapeito.

Era uma mulher velha, magra, quase esquelética, de pele branca e enrugada. Os cabelos negros e compridos desciam pelos ombros e cobriam parte dos seios murchos e caídos. A genitália escondia-se atrás de uma floresta de pelos pubianos. Segurava entre as mãos uma piaçava de madeira retorcida.

— Quando nasce um décimo terceiro, todos nós ficamos de olho — disse a velha.

Treze continuava segurando com todas as forças o seu pé de coelho. Sabia que aquele apetrecho mágico de alguma maneira ainda poderia lhe ser útil.

— Foram quase duas décadas esperando para ter essa conversa com você. Não tenha medo. Agradeça por eu estar aqui. Sua vida agora será muito melhor do que antes.

Percebendo o silêncio do rapaz, a intrusa continuou falando:

— Sou Frigga. Ou melhor, um simulacro dos vícios, uma cópia negativa da verdadeira deusa nórdica. Ah, como eu gostaria de ser como ela, linda, e viver no melhor palácio de Asgard. No entanto, sou horrível, um rebento surgido do ódio cristão pelas crenças antigas e pelas mulheres. Os pensamentos corruptos de padres medievais, que desejavam perverter tudo o que consideravam pagão, serviram como argila para Satã, que me moldou.

— Vá embora! — disse o antigo Ezequiel, tentando mostrar convicção naquela ordem.

— Entendo sua dúvida, seu medo... Mas percebo também sua curiosidade. Comigo ao seu lado, você será forte. Precisamos de você. O treze é um número poderoso para nós. Vivemos de energia negativa. Só assim podemos concorrer contra nossos inimigos.

— Eu não sou negativo.

— É, desde que nasceu. O treze é irregular, um número carregado de simbolismo. Acompanhe o meu raciocínio. Doze são as constelações do zodíaco. Porém, sabemos que existe uma décima terceira, um signo do mal que somente os iniciados conhecem. Doze foram os apóstolos. No entanto, durante a

fatídica Santa Ceia, à mesa sentaram-se treze. Um deles era o traidor. Você seguirá passos semelhantes ao de Judas. Precisamos de mais um em nosso conluio contra os cristãos.

— E se eu não quiser?

— Você ainda não entendeu. Não há escolha! Jogue fora esse pé de coelho enfadonho e venha comigo voar em minha vassoura ensebada na gordura dos bruxos.

— Não.

— Não me desafie! Quero que você me acompanhe de livre e espontânea vontade. Mas posso fazê-lo vir comigo na base da força. Pode acreditar!

Frigga continuava empoleirada no parapeito da janela como se fosse uma coruja velha.

— Você prefere continuar com a sua vidinha miserável? Voltar para o convívio daquelas pessoas que o ridicularizaram? Ninguém se importa com você. Nem seus irmãos, nem seus pais. Especialmente eles, que o mandaram para bem longe, queriam se livrar da vergonha que você representa.

— Bruxa, você não sabe o que diz!

— Eu e meu conclave sabemos que você é alguém especial. Nós o acolheremos. Basta negar o seu antigo Deus e vir comigo professar a nossa doutrina. Você não precisará sentir mais vergonha. Veja como eu ando. Parece que sinto alguma vergonha de ser quem eu sou?

Treze balançou com aquela pergunta. Não queria sentir mais vergonha. Queria ser alguém melhor.

— Todos aqueles que fizeram mal a você podem receber na mesma moeda. Conosco, você terá poder como nunca imaginou antes.

Frigga ouviu passos se aproximando no corredor.

— É hora de partir, Treze! — a bruxa velha estendeu a mão encarquilhada.

Vítor, ao entrar no quarto, acendeu a luz. O abajur de Ezequiel estava aceso. No chão, viu jogado o pé de coelho. Ele se agachou para pegar o amuleto. Uma colega o acompanhava.

— Que parada é essa? — a garota perguntou.

— Um dos fetiches do Ezequiel. Falei pra você que ele é maluco.

— Você fez bem em tirar a tal ferradura da porta e o trevo da janela. Essa terapia de choque resolverá o problema dele.

— Vamos aproveitar que o *freak* não tá por aí. Vem cá e me dá um beijo.

Os dois se abraçaram e trocaram carícias. Ezequiel não retornou naquela noite e nem nas próximas. Mas tinha data marcada para reencontrar todos aqueles que o haviam achincalhado. Nenhuma noite seria melhor do que a de Frigga. Voltaria em uma sexta-feira 13 de arrepiar a espinha dos desavisados, descrentes e zombadores.